RHWNG EDAFEDD

Er cof am Mam a Dad

RHWNG EDAFEDD

LLEUCU ROBERTS

y Lolfa

Argraffiad cyntaf: 2014

Cynllun y clawr: Sion Ilar
Llun y clawr: Simon Kitchin

Rhif Llyfr Rhyngwladol: 978 1 78461 003 6

Dymuna'r cyhoeddwyr gydnabod cymorth ariannol
Cyngor Llyfrau Cymru

Cyhoeddwyd ac argraffwyd yng Nghymru ar ran
Llys Eisteddfod Genedlaethol Cymru gan
Y Lolfa Cyf., Talybont, Ceredigion SY24 5HE
e-bost ylolfa@ylolfa.com
gwefan www.ylolfa.com
ffôn 01970 832 304
ffacs 01970 832 782

Mae'r electronau mewn atom carbon yn yr ymennydd dynol felly'n gysylltiedig â phob eog sy'n nofio, pob calon sy'n curo, a phob seren sy'n disgleirio yn y ffurfafen. Mewn bydysawd holograffig, ni ellir ystyried hyd yn oed amser a gofod fel sylfeini, oherwydd mae cysyniadau fel lleoliad yn torri i lawr mewn bydysawd lle nad oes gwahanolrwydd rhwng un peth a'r llall. Yn y fath Superhologram mae gorffennol, presennol a dyfodol yn bodoli'n gydamserol.

Paradeim Holograffig – Wicipedia

Hen hosan a'i choes yn eisie – ei brig
Heb erioed ei ddechre,
A'i throed heb bwyth o'r ede:
Hynny yw 'Dim', onid e?

Gwydderig

Rhan Un

1

’Na beth yw pethe bach!

I’R FAN HYN y daeth hi. Rhyw nunlle rhwng dau le. Twll du’r afon o’i flaen, a thlysau’n wincio ohono yng ngolau’r lleuad, y lli yn addo cynhesrwydd fel cwrlid gwely a’r dim yn denu. A thwll du arall y tu ôl iddo yn llawn artaith, yn gyforiog o ing byw. I’r fan hyn, dotyn du anferth o atalnod llawn wedi traed brain ei fywyd, i’r llonyddwch yn y lli.

Astudiodd Eifion y rheilins. Cyn uched â’i ysgwydd, ond yn hawdd eu goresgyn, tybiai, wedi’r rhwystrau lu o’i ôl – mor hawdd â chamu drwy frwyn. Edrychodd allan a gweld Eryri’n gwisgo goleuadau’r glannau fel clychau am ei thraed. Canai’r gwynt ei rwndi ar hyd drymiau dur y bont a chodai sŵn yr afon awydd arno i ollwng dŵr. Ta waeth, dôi hynny.

Symudodd tuag at ganol y bont, heb dynnu ei lygaid oddi ar y Fenai, oedd yn ei wahodd â’i gemau. Gwyddai mai cyflymaf i gyd, gorau i gyd oedd pia hi, yn y tawelwch rhwng dau gar a Phorthaethwy’n cysgu. Nid oedd lle i feddwl, pe bai meddwl o unrhyw werth bellach. Dim ond gwneud, a diwedd arni, ymroi i wely’r afon, fel disgyn i goflaid cwsg. Rhaid oedd rhoi taw ar ofn, ofn y manion – pa un ddôi gyntaf, chwalu pen, boddi ynteu fferru? Câi weld. Neu beidio. Ac wedyn cysgu.

Roedd ei droed ar farryn isaf y ffens ddur pan glywodd gar yn nesu o gyfeiriad Bangor. Trodd i wynebu’r goleuadau wrth iddyn nhw agosáu ac i’r car arafu. Damia.

‘Aright, mate?’ galwodd y gyrrwr wrth agor ei ffenest, ac Eifion wrthi’n cogio cau ei falog.

'Yeah, fine. Just having a piss, like.'

Prysurodd y gyrrwr trwynsur oddi wrtho tuag at warineb yr ynys. Mynd rŵan, dyna'r unig ateb, gorchmynnodd Eifion iddo'i hun. Trodd eto at bydew ei waredigaeth a rhoi pob dim arall o'i feddwl. Haliodd ei hun eilwaith ar hyd y polyn dur gan wingo wrth i gyhyrau ei freichiau dynnu. Llithrodd ei droed chwith a difarodd Eifion na fyddai wedi gwisgo esgidiau â gwadnau mwy addas na'r treinyrs oedd ganddo am ei draed. Ailystyriodd. Gwthiodd ei droed dde yn erbyn y trawst dur a godai'n urddasol at gopa'r tŵr a gafael yn dynn yn y rheilen uchaf. Hyrddiodd ei gorff tuag ymlaen nes bod ei frest dros y barryn uchaf. Un hyrddiad arall â'i freichiau a…

'Oi!'

Trodd ei ben a gweld cysgod yn cerdded tuag ato ar hyd y bont. Mynd rŵan. Dim oedi. Câi hwn fod yr adyn byw olaf a welai, er na allai ei weld yn glir am fod golau caled y bont y tu ôl iddo, yn taflu cysgod dros ei wyneb. Câi roi sioe i'r dieithryn, rhoi testun sgwrs iddo ddenu cydymdeimlad merched yng nghornel rhyw dafarn yn rhywle – 'Druan â chdi, yn dyst i'r fath beth!' Gadawodd i'w droed dde ddilyn y gweddill ohono a gwthiodd â'i ddwylo nes ei fod yn hongian ar y polyn. Pen i lawr, dyna fyddai orau, un gwthiad arall…

'Oi!' eto.

Roedd o bron â'i gyrraedd. Y cysgod. Yna, roedd wedi camu i gyrraedd y golau a ddisgleiriai oddi ar dŵr y bont. Rhyw lipryn o beth â'i gôt law dywyll yn chwifio ar agor dros grys-T a jîns tyllog. Gwallt brown golau careiog yn llyfu ysgwyddau ei gôt, croen ei fochau ac olion hen blorynnod arddegol drosto. Llygaid tywyll gorlawn, rhy fawr i'w wyneb. Rhyw Iesu Grist o beth. Stiwdent, yn dychwelyd adref dros y bont o Fangor wedi i'r tacsi olaf roi'r gorau iddi am y noson.

Pam oedodd Eifion wedi'r ail 'Oi'? Pa sgwrs sydd mor

bwysig? meddyliodd wedyn. Pam ildio i'r reddf a'i hysgogodd i droi at leisydd yr 'Oi' ac a'i gwnâi'n anghymdeithasol iddo beidio ag ymateb, ac yntau ar fin cyflawni'r weithred fwyaf anghymdeithasol oll? Mor hwylus, mor hawdd fyddai hi wedi bod i anwybyddu'r 'Oi'.

'Stay there!'

Roedd y dieithryn wedi gafael yn ei draed. Gorchymyn. Gallai ddal i hyrddio, a phwysau ei gorff yn drymach na gallu'r dwylo am ei bigyrnau i'w ddal.

'Push or pull, what shall I do?' gofynnodd y dieithryn.

'Push!' gwaeddodd Eifion nerth esgyrn ei ben.

Oedodd y dieithryn am eiliad, cyn tynnu. Roedd y cwestiwn, a'r anufuddhau wedyn, wedi tarfu digon ar Eifion i alluogi'r dieithryn i'w dynnu gerfydd ei draed yn ôl i sadrwydd y palmant. Wynebodd ei achubwr, ei arteithiwr.

'D'you know the way to knit a sock?' gofynnodd y Crist-beth i Eifion, heb arlliw o gyffro.

Rhythodd Eifion arno. Abersock oedd o'n feddwl…?

'What? Go away! Dos o 'ma!'

'Peth yw, 'wy'n treial.'

'Trio be?' cyfarthodd Eifion.

'Gweu hosan.'

Am beth i'w ofyn i foi oedd o fewn trwch asgell gwybedyn i beidio â bod! Rhaid mai dyfais i'w rwystro drwy ei ddrysu oedd hi, ymgais i'w gael i bwyllo drwy ddweud y peth cyntaf a ddôi i'w feddwl.

'Gad lonydd i fi!' stryffagliodd Eifion i weiddi, heb dynnu ei lygaid oddi ar y dyn ifanc a oedd yn ei wynebu.

'Jawl o bethe anodd yw sane,' meddai'r stiwdent, neu beth bynnag oedd o.

'Dos o 'ma!' gwaeddodd Eifion, yn fyr ei wynt a'i amynedd, gan deimlo'r dymer yn codi o'i frest.

'Peth yw… peth yw…' dechreuodd y llall, cyn tewi.

'Peth yw, ffyc off!'

Trodd Eifion at y twll du dros y rheilins a damio'i hun am adael i chwilfrydedd ymwthio rhyngddo ac ochr draw'r barryn, ochr draw'r boen.

'Bach yn drastic,' meddai'r dieithryn, gan bwyso yn erbyn y barrau a gwylio'r dŵr gydag Eifion. Trodd ato. 'Dewi. Dewi Ellis.' Estynnodd ei law i Eifion ei hysgwyd, a'i gostwng wedyn wrth i Eifion ei hanwybyddu.

'Dos o 'ma, Dewi Ellis,' ebychodd Eifion yn wan.

'Noson o'r i ladd dy hunan,' meddai Dewi.

'Pwy ddudodd mai dyna dwi'n neud?' gofynnodd Eifion yn bwdlyd.

'Ti ddim 'ma i bysgota mecryll, weda i 'ny,' atebodd Dewi. 'O't ti'n edrych fel twat lan ar ben y polyn 'na.'

'Y Samariaid yrrodd di yma?' holodd Eifion, gan anwybyddu'r gwawd. Edrychodd i gyfeiriad un pen i'r bont, yna'r llall, i weld a oedd rhagor o seintiau bach yn busnesa.

'Y beth? O! Nage. Mynd 'wy. Neu dod. Sai'n siŵr. Ar 'yn ffordd, ta beth.'

'Ar dy ffordd i le?'

Cododd Dewi ei ysgwyddau. Sylwodd Eifion ei fod yn gwisgo'i grys-T o chwith, a'r label yn codi a gostwng wrth ei wddw wrth iddo siarad.

'Hwyr braidd i fod ar dy ffordd i nunlla. Neu cynnar.' Ceisiodd Eifion gofio 'nôl drwy darth y wisgi at ryw bwynt pan wyddai faint o'r gloch oedd hi.

'So 'i byth rhy hwyr i drafaelu,' atebodd Dewi cyn codi llawes ei gôt ac edrych ar ei oriawr. 'Pedwar o'r gloch, 'bitu fod. Amser gore i fod ar yr hewl.'

Ddim yr 'hewl' yma, ddim i mi, meddyliodd Eifion yn ddiflas.

'Paid gadal i fi roi stop ar dy deithio di.'

'Dda bo fi wedi rhoi stop arnot ti. Neu dy stopo di rhag rhoi stop arnot ti dy hunan. O'n i'n stopo ta beth.'

Ateb gan hwn i ddiawl o bob dim, meddyliodd Eifion yn chwerw, cyn cywiro'i hun: na, ddim i bob dim.

'Pam na 'sa chdi 'di gwthio pan ddudis i "push"? Ofn 'sa rywun yn gweld ac yn dy gyhuddo di o fyrdyr oeddach chdi...?' Pam roedd yr uffar bach wedi gofyn y fath gwestiwn hurt beth bynnag? Pa Iesu sy'n cynnig marwolaeth ar blât?

Cododd Dewi ei ysgwyddau eto. 'Push, pull, yr un peth y'n nhw o safbwyntie gwa'nol.'

''Swn i'n dadla hefo hynna dan yr amgylchiada,' pw-pwiodd Eifion.

'Off y llall ma'n nhw arfer neido, ife ddim? Nag yw hi'n uwch?'

'Llai o draffic ar hon,' atebodd Eifion. Pam roedd o'n cael y sgwrs yma? Pam na cherddai o oddi yma, at y car ym Mhorthaethwy, gyrru at Bont Britannia o ffordd yr idiot yma a gwneud be oedd o wedi dod yno i'w wneud? 'A sut gall hi fod yn uwch? Yr un stretsh o afon ydi o.'

'Ma troedfedd neu ddwy'n neud y byd o wa'nieth pan ti'n treial lladd dy hunan. So ti moyn byw am o's mewn cader olwyn, yn ffaelu dod i ben â lladd dy hunan.'

'Ti'n egspyrt, wyt ti?'

'Siarad sens 'wy.'

'Sens pwy?' Edrychodd Eifion ar yr wyneb pantiog. Dyna'i lwc o erioed – lwc mul. Lwc a arweiniodd at y sefyllfa lle roedd yn rhannu pont â ffŵl.

'Sens Shir Gâr. Y sens gore yn y byd.' Gwthiodd Dewi ei ddwylo i waelod pocedi'r gôt law. 'Dere draw at y tŵr. Ma 'i'n o'r man 'yn i siarad ar ganol y bont. Fydd hi'n dwymach yng nghysgod y tŵr.'

'Dwi'm isio siarad. Gormod o siarad sy.'

'Gormod o siarad wast,' cytunodd Dewi, heb swnio'n ddiffuant.

'Ti'n cytuno efo fi. Ti ddim ond yn cytuno er mwyn trio newid 'yn meddwl i. 'Nei di ddim.'

Pam na fyddai o wedi anwybyddu'r 'Oi'?

Ond dilyn Dewi wnaeth Eifion pan drodd a cherdded i gyfeiriad y tŵr. Roedd o'n dweud y gwir: roedd hi'n gynhesach o dan ei gysgod, a'r gwynt yn chwythu'n wannach drwy eu lleisiau. Pwysodd Dewi ar y rêl unwaith eto, ac edrych draw at Bont Britannia. Suddodd Eifion ar ei eistedd a'i gefn at garreg y tŵr. Fedra i'm neud job iawn o ladd 'yn hun hyd yn oed, meddyliodd. Gwyliodd y lli rhwng barrau'r rheilins. Fan'na dwi fod. 'Y mhen i'n racs ar ôl hitio'r graig ar y gwaelod, a fy ysgyfaint i'n llawn dŵr, yn farw braf.

'Fysa chdi'm isio byw tasa chdi'n gwisgo'n sgidia i,' meddai Eifion.

Trodd Dewi a throi ei drwyn wrth astudio'r treinyrs am draed Eifion – cystal â dweud 'Na 'swn, wir', er bod y rhai am ei draed ei hun mewn tipyn gwaeth cyflwr.

Teimlai Eifion wedi'i wanu eto gan boen ei ofidiau. Roedden nhw wedi ailddechrau ffrydio drwy ei wythiennau, diolch i hwn. Gofidiau a wisgi, y naill a'r llall ochr yn ochr drwy'i gilydd, a'r wisgi'n lleddfu dim byd. Cododd sgrech o'i stumog. Gadawodd iddi estyn yn hir dros ochr y bont.

Ni symudodd Dewi. Daliai i ddilyn silwét y glannau o bobtu tafod tew'r Fenai. Plygodd Eifion ei ben yn ei ddwylo a theimlo'r dagrau'n hyrddio ohono. Difarai o waelod ei enaid na fyddai ganddo botelaid arall o wisgi yn y car. Teimlai'r penderfyniad a'i tynnodd at y bont yn pylu, yn llifo allan ohono.

Roedd Dewi'n siarad.

'Dagre… deigryn.' Oedodd i chwarae'r geiriau eilwaith dros ei dafod. 'Deigr oedd yr hen air, mor debyg i dagr. Addas, nag yw e? Fod dagre a dagr mor debyg. Dagr yn achosi deigryn.'

'Cau dy geg!' tasgodd Eifion ato. Doedd ganddo ddim diddordeb yn ei rwdlan disynnwyr.

'Achos ac effaith yn yr un gair. Pa un ddoth gynta, y deigryn ynteu'r arf i rwygo'r cnawd? Deigryn, ma'n shŵr, yr effaith yn dod cyn yr achos. Ma dagre wedi bod eriôd. A'r Susneg wedyn,' dechreuodd, ar dân ar ôl rhyw sgwarnog arall. 'Te-ar a tear, deigryn a rhwygo, y rhwygo'n achosi dagre. Diddorol iawn…' sibrydodd dros ochr y bont.

Siaradai fel pe na bai'n gallu goddef peidio â siarad, er mwyn creu sŵn, er mwyn llenwi gwacter.

'Cau dy geg!' tasgodd Eifion ato eto.

'Ma cŵn yn llefen.' Anwybyddodd Dewi'r cerydd fel pe na bai wedi'i glywed. 'Ond ddim am yr un rhesyme â ni. Dagre pethe,' dechreuodd wedyn, 'diferyn o ddŵr. Llawn o atome bwy'i gilydd a'r rheini'n llawn o bethe rhy fach i'w gweld, rhy fach i… 'Na beth yw pethe bach! Atome anferthol, ac electrone, protone, niwtrone a cwarcs a'r rheini wedyn yn llawn…'

Tawelwch. Roedd Eifion wedi codi'i ben i rythu ar yr ynfytyn rhyngddo a'r afon, a'r dagrau'n ludiog ar ei fochau.

'Gwacter!' Pefriai llygaid Dewi wrth iddo droi at Eifion.

Rhoddodd Eifion ei ben yn ôl rhwng ei freichiau. Daethai yno i gael gwared ar bob diflastod, a beth gafodd o? Gwers ffiseg.

'Paid â chwara hefo 'mrên i.' Daeth llais Eifion o blygiadau ei freichiau.

'Ddim fi sy'n whare 'da fe,' atebodd Dewi'n ddigyffro gan rythu i'r tywyllwch.

Tawodd y ddau am rai eiliadau, yn ddigon hir i'r diflastod godi eto yn Eifion, fel chwd. Cododd ei ben.

'Sgin i'm byd ar ôl!' llafarganodd i'r nos ddu.

Daliai Dewi i wylio'r Fenai.

2

Pe bai ganddo fo garej

GAREJ GO IAWN, dim bocs-sirial o beth. Efo tiwbyn plastig ar bob un o'i phedwar pwmp a gliciai'n ôl i'w le ar ôl llenwi'r ceir. A phit, a ramp oedd yn symud i fyny ac i lawr wrth i chi droi'r olwyn fach goch. A lle-siop i dalu am y petrol. A lle-parcio i chwech o geir. A chwech o geir. Llygadai Eifion y cyfan gan ysu, yn methu byw yn ei groen bron oherwydd yr awydd i fynd ati i chwarae â'r ceir bach amryliw oedd wedi'u parcio'n rhes berffaith, a'u drysau a'u bŵts bob un yn ei wahodd i'w hagor.

'Rho im yr hedd na ŵyr y byd amdano,' dôi llais ei dad o'r gegin. A nodau'r piano uwch ei ben yn ateb efo'r un alaw wrth i Cefni weithio'r emyn â dau fys. Swniai'r nodau'n uchel ym mhen Eifion lle'r eisteddai yn ei gwrcwd o dan y piano, fodfeddi o goesau gwyn Cefni yn ei siorts.

Ond doedd Eifion ddim yn edrych ar goesau Cefni. Roedd o'n methu'n lân â thynnu ei lygaid oddi ar y garej a eisteddai'n bwysig ar y bwrdd coffi rhwng y soffa a'r ddwy gadair freichiau yn y parlwr. Garej Cefni oedd hi, gwyddai Eifion, garej gafodd Cefni am fod yn hogyn-da yng nghynhebrwng Nain Rhos. A gan mai garej Cefni oedd hi, roedd Mam eisoes wedi rhybuddio Eifion i 'gadw'i-facha-budron' oddi arni. Llwyddodd Eifion i droi ei olygon oddi wrth y garej am eiliad i astudio'i fysedd. Toedden nhw ddim yn fudur. Ddim yn fudur iawn, petaech chi'n anwybyddu'r haen ddu 'plannu tatws' o dan bob gewin. Meddyliodd Eifion am fysedd ei frawd ar y piano uwch ei ben. Ni fyddai'r rheini'n fudur o gwbwl.

'... ddwyfol lo-oes,' estynnai ei dad am y nodau uchaf yn y gegin. Di-di-di-i, dynwaredodd bysedd Cefni ar y piano.

'Oedd 'na waed?' holodd Eifion ben-gliniau Cefni.

'Nag oedd, siŵr,' atebodd Cefni o rywle uwch ei ben. 'Ddim cael 'i saethu wnaeth hi.'

Ceisiodd Eifion ddychmygu sut olwg oedd ar Nain Rhos, a hithau wedi'i chladdu yn y ddaear ers echdoe. Os nad oedd 'na waed, rhaid ei bod hi'n edrych rywbeth yn debyg i'r ffordd yr edrychai'r tro diwethaf y gwelsai Eifion hi. Ar ei hyd yn y gwely a blanced at ei gên, yn welw lwyd fel dalen o bapur biliau efo sgribls drosti, a'i hanadlu'n rhyfedd fel injan hen gar. Ond fyddai hi ddim yn anadlu rŵan, yn y ddaear.

'Pryd ma hi'n troi'n asgwrn?' holodd Eifion wrth i Cefni fustachu i gywiro nodyn.

'Ddim am ganrifoedd,' atebodd Cefni'n ddiamynedd. 'Mi gymith oesoedd i'r pryfaid genwair fyta'i chroen hi a'i betingalws hi.'

'Oedd 'na bryfaid?' holodd Eifion wedyn, gan gofio'r niwl o bryfed swnllyd a hofranai uwchben carcas oen a welsai yn y cae wrth y tŷ ymhell yn ôl yn y gwanwyn. 'Pan welist ti hi?'

'Oedd, siŵr,' meddai Cefni. 'A hogla fatha hogla petrol drosti.'

Trodd Eifion ei ben yn ôl i lygadu'r garej.

'O'n i isio'i gweld hi'n 'i choffin,' meddai'n ofidus. 'Fyswn i ddim wedi crio fatha oedd Mam yn ddeud. Fyswn i wedi sbio'n hogyn-da a sefyll yn llonydd, llonydd yn capal a peidio swnian yn fynwant.'

'Ti'n rhy fach,' meddai Cefni'n bwysig gan droi'i law ar amrantiad o 'Mae'n dawel gyda'r Iesu wrth y groes' i 'Mamma Mia' Abba.

Ochneidiodd Eifion. Roedd golwg rhy iach ar Taid iddo fentro gobeithio y câi o fynd i gynhebrwng hwnnw yn y dyfodol agos a chael garej am fod yn hogyn-da. Ac roedd Dolig a'i ben-blwydd ymhell bell i ffwrdd.

'Ydi Taid yn mynd i dorri'i galon a marw?' holodd yn obeithiol.

'Ych! Am beth ofnadwy i ddeud!' meddai ei fam gan gerdded i mewn i'r parlwr. 'Cod o fan'na'n lle hel llwch.'

Ufuddhaodd Eifion yn bwdlyd a mynd i orweddian ar y soffa, reit o flaen y garej, drwyn yn drwyn â'r rhesaid lachar o Dinkys newydd-sbon. Y Porsche bach coch oedd yn denu fwyaf; roedd yn llawer, llawer iawn crandiach na'r un o'i geir bach plastig o yn y bocs i fyny'r grisiau. Pe bai ganddo ffydd perffaith ffydd na châi ei gais ei wrthod, byddai'n gofyn i Cefni neu ei fam a gâi o chwarae efo'r garej am funud, dim ond munud bach, ond roedd arno fo ofn i un o'r ddau ddweud 'na' a byddai'r siom yn drech na'i allu i atal dagrau. Felly wnaeth o ddim gofyn. Rhaid oedd bodloni ar edrych heb gyffwrdd ac roedd annhegwch hynny'n bwyta'i du mewn o: roedd Cefni'n chwarae'r piano, a heb ddangos fawr o ddiddordeb yn ei bresant hogyn-da ar ôl yr hanner awr cyntaf. Doedd garej ddim i fod yn llonydd: roedd 'na geir i'w llenwi â phetrol, olwynion i'w newid, brêcs i'w trwsio a llefydd i fynd iddyn nhw am reid, llond tŷ o lefydd i fynd â'r ceir am dro. Pe bai ganddo fo garej, a cheir bach fel y rhain...

Gwyliodd gefn Cefni wrth y piano yn sythu'n sydyn a rhoi jig fach ar ôl llwyddo i weithio dau fys drwy 'Mamma Mia'. Gofalodd Eifion godi clustog rhag i'w fam weld, cyn codi'i ddau fys yntau ar gefn ei frawd.

3

Y corpws salw 'ma

'TI MOYN HALEN a finegyr 'da honna?' holodd Dewi.

'Be?' rhythodd Eifion arno.

'Y jipsen anferth 'na sy ar dy ysgwydd di.'

'Sgin i'm tship ar 'yn ysgwydd.'

'Weden i bo 'da ti siop jips 'na. Sda ti ddim byd ar ôl, wedest ti. 'Drych arnot ti. Coda.'

Ufuddhaodd Eifion, er na wyddai pam. Bustachodd i godi ar ei draed, a theimlo'n gant oed ym mhob un o'i gyhyrau.

'Ti'n iach, yn dwyt ti?'

'Sgin i'm syniad.'

'Wyt. A dwyt ti ddim off dy ben.'

'Dwi'n pisd ers dyddia, dwi'm yn cofio be 'di bod yn sobor...'

'Ond so ti off dy ben,' torrodd Dewi ar ei draws. 'Ac rwyt ti'n fyw.'

'Hy. Ia. Hynny.'

'Tri pheth pwysig. Iach, call a byw. Ei di'n bell 'da'r tri pheth 'na.'

Ochneidiodd Eifion. Doedd gan hwn ddim syniad. Wyddai o ddim byd am y twll du roedd o am ei adael ar ôl: am y biliau, y ffraeo, y cystadlu a'r chwysu oer yn y nos. Wyddai o ddim be oedd cyrraedd pedwar o'r gloch y prynhawn, bob prynhawn, a gwybod – gwybod eto heddiw fel ddoe, a phob ddoe arall – bod y clymau'n waeth, y dyledion yn ddyfnach a'r awydd am wisgi'n gwasgu'n dynnach ar ei lwnc.

'Dwi 'di colli'r garej,' cwynodd Eifion yn ddiflas. 'Y garej oedd 'y mywyd i.'

Slapiodd Dewi o'n galed ar draws ei ysgwydd.

'Hwn yw dy fywyd di, y ffŵl! Y corpws salw 'ma man 'yn.'

Rhwbiodd Eifion ei ysgwydd a methu rhoi'r gorau i'w gŵyn.

'Y peth gwaetha i gyd oedd meddwl 'mod i'n ennill weithia, rw un dwrnod ym mhob mil, credu 'mod i'n dringo yn lle disgyn.'

'Yn llyged pwy? Dy lyged di dy hunan, neu yn llyged pawb arall?' Agorodd Dewi ei lygaid ei hun yn fawr a nesu ato nes bod Eifion yn gweld dim byd heblaw llygaid.

'Ches i rioed gyfle.' Tynnodd Eifion oddi wrtho.

'Ro'st ti eriôd gyfle i ti dy hunan.'

'Sut ddiawl ti'n gwbod?' poerodd Eifion.

''Wy'n nabod dy deip di.'

'Ti'n neud habit o siarad efo siwiseidals?'

'Drwg yw,' dechreuodd Dewi, gan anwybyddu'r cwestiwn, 'ti'n beio pawb arall am y dewisiade ti 'di neud dy hunan.'

'Un dewis fuo gin i rioed, ac rwyt ti newydd ddwyn hwnnw oddi arna i.'

'Wps,' meddai Dewi. 'Alla i dy hwpo di drosto nawr os ti moyn. Cer 'nôl lan i ben y barryn 'na a fe hwpa i ti tro 'ma yn lle tynnu.'

'Ti'n meddwl bo chdi'n ddoniol?'

Pendronodd Dewi dros y cwestiwn.

'Peth gwrthrychol yw doniolwch, ac os nad o's gwrthrych, do's dim doniolwch.'

Teimlodd Eifion y syrffed yn codi o waelod ei fod wrth weld bod y ffŵl ynfyd wedi lansio ar drywydd arall.

'Fel y goeden yn cwmpo yn y jyngl. Cymer y Big Bang, y Bang Mawr,' chwarddodd wrtho'i hun cyn ailadrodd y term yn

Gymraeg. 'Pa fang yw'r cwestiwn. Do'dd neb 'na 'da clustie i glywed, i dderbyn y tonne sain.'

Roedd cynnwys stumog Eifion wedi bod yn bygwth codi ers rhai oriau, ac yntau wedi dal ati i dywallt wisgi ar ben y wisgi oedd yno'n barod. Daliasai rhag chwydu drwy ganolbwyntio ar ei orchwyl. Ond rŵan bod hwn wedi tarfu ar y gorchwyl hwnnw, ac yn mynnu troi ei ben drwy falu cachu, gwaethygu wnâi ysfa Eifion i chwydu.

Cododd yn lletchwith a chael a chael oedd hi iddo gyrraedd y rheilins cyn arllwys ei berfedd mewn un hyrddiad lliwgar, chwerw, offrwm a gariwyd gan y gwynt am eiliadau cyn iddo gyrraedd y Fenai. Sych-chwydodd unwaith neu ddwy wedyn cyn sychu ei weflau â'i lawes a dychwelyd i gysgod y tŵr.

'Yn gwmws fel 'na,' cyhoeddodd Dewi. 'Ffrwydrad di-sŵn o'dd y Bang Mawr hefyd, fel dy 'hwdad di.'

4

Bron na chlywech chi

'OEDD HI'N GALAD fatha carrag?' holodd Derek-Foel.

'Oedd, fatha concrit,' atebodd Eifion gan fyseddu'r trysor cudd yn ei boced. 'Oeddan nhw methu cau caead y coffin am fod 'i thrwyn hi'n cau gwasgu lawr,' ymhelaethodd. Feiddiai o ddim dangos i Derek-Foel be oedd ganddo fo tu mewn fan hyn rhag i'w dad presennol-ym-mhob-man ei weld. Rhaid fyddai aros tan amser chwarae a thu allan.

'Malu cachu!' wfftiodd Derek. 'Ma coffins yn ddigon mawr i ddal pawb. Ma Dad yn mesur bobol-'di-marw cyn 'u rhoid nhw mewn.'

Oedd raid i Derek-Foel fod yn fab i drefnwr angladdau a fynta'n fab i brifathro yn lle'r ffordd arall rownd? Roedd ei anwybodaeth am y pethau hyn wedi'i faglu, damia fo.

'Welist ti ddim corff,' gwatwarodd Derek yn sbeitlyd. 'Fetia i bo chdi ddim 'di ca'l mynd i'r cnebrwng îfyn!'

'Welis i hi!' mynnodd Eifion yn groch. 'Yn gorfadd fatha gôst!'

'Paid â deud clwydda!' ceryddodd ei dad y tu ôl iddo, wedi glanio o nunlle fel cydwybod. 'Welist ti ddim byd achos toeddach chdi ddim yno. Llai o siarad, mwy o wrando, chi'ch dau.' Taflodd gipolwg at Miss Puw, gystal â dweud 'Cadwch drefn ar y plant 'ma', a chochodd Miss Puw hyd at ei mascara. Diflannodd Mr Hughes y prifathro yr un mor sydyn ag y daethai.

'Lei-ar!' gwatwarodd Derek-Foel, a swatiodd Eifion y tu ôl i'w syms.

Allan ar yr iard amser chwarae, ar ôl gwneud yn siŵr nad oedd yr un o ffenestri ysgol ei dad yn ei wylio, mentrodd Eifion ddangos y Porsche bach coch i Derek-Foel.

'Waw!' ebychodd Derek-Foel. 'Ma gynno fo wing mirrors sy'n plygu!' Estynnodd yn awchus am y car, gan fygwth goroesiad y *wing mirrors*.

'Cym ofal!' gwaeddodd Eifion gan ei dynnu'n ôl at ei frest. Roedd taith y car i'r ysgol wedi costio'n ddrud iddo'n barod. Erbyn iddo lithro'n llechwraidd i mewn i ystafell Cefni pan oedd hwnnw'n cael brecwast, a gwneud yn siŵr na fyddai cysgod ei dad yn glanio'n ddiarwybod drosto, roedd Mam yn golchi'r llestri a dim ond un darn bach pitw o dost oedd ar ôl ar y plât.

'Arna chdi ma'r bai. Dwi 'di galw ers meitin. Dwi ddim am neud rhagor. Dysga ddod pan dwi'n gweiddi,' arthiodd ei fam o gyfeiriad y sinc, heb droi i sbio ar Eifion.

Roedd ei dad yn sythu'i dei o flaen y drych, yn barod i gychwyn am yr ysgol awr a hanner yn fuan, yn ôl ei arfer. Go brin y byddai Eifion wedi gallu bwyta'r tost hyd yn oed pe bai ganddo amser i wneud hynny. Roedd ei du mewn yn troi fel top wrth feddwl beth roedd o newydd fentro'i wneud, ac ofnai y byddai Cefni'n bownd dduw o anelu 'nôl i fyny'r grisiau i gadw tabs ar y garej, oedd bellach wedi'i rhoi heibio ar silff yn ei lofft, er mai prin edrych arni roedd o wedi'i wneud yn ystod yr wythnos y bu yno. Ni thynnodd Eifion ei law oddi ar y car yn ei boced rhag iddo ddisgyn allan a datgelu ei drosedd yn blwmp blaen i bawb, gan ennyn llid y farn am ei ben. Cododd y tost â'i law arall a dechrau ei gnoi'n sych. Doedd o ddim tamaid o'i eisiau. Roedd ei fam yn galw arno i 'Ista wrth y bwr' i fwyta' wrth iddo anelu allan am gar ei dad. Roedd wedi osgoi edrych ar Cefni tra oedd yn y gegin.

A rŵan roedd hi'n amser chwarae pnawn a dyma fo o'r

diwedd yn gweld ei gyfle i ddangos ei drysor i Derek. Roedd o wedi gwneud yn siŵr bod Cefni'n chwarae yn iard dosbarth Mr Hughes rownd gongol cyn tynnu'r Porsche allan i'w ddangos yn falch i'w ffrind.

'A ma gin i Mercedes, Rolls Royce, Jaguar, Saab ac Audi adra,' ymffrostiodd, gan gofio'n iawn beth oedd trefn y ceir a barciwyd wrth y garej yn llofft Cefni. 'Bob un â wing mirrors a drysa sy'n gweithio. A ma gin i garej.'

Roedd o wedi bwriadu dweud wrth Derek-Foel mai am fod yn hogyn-da yng nghynhebrwng ei nain y cafodd y garej, ond roedd ei dad wedi sathru ar y celwydd hwnnw cyn iddo wreiddio'n iawn. Doedd 'na'm ots. Doedd dim rhaid iddo roi rheswm pam roedd ei dad a'i fam yn gwario pres mawr arno fo a hithau'n bell o fod yn ben-blwydd arno nac yn Ddolig.

'Cythral lwcus,' meddai Derek-Foel heb dynnu'i lygaid oddi ar y Porsche. Mwynhaodd Eifion yr olwg o genfigen bur ar wyneb ei ffrind. Hoeliodd ei lygaid ar lygaid y llall yn culhau a sawru'r teimlad o oruchafiaeth a chwyddai drwy ei gorff fel cyffur. Gwyliodd wefusau Derek yn crychu gan eiddigedd, a bron na wasgai'r car bach yn ei law yn ddim yn ei gyffro buddugoliaethus. Methodd atal ei law rhag codi'r car fymryn yn uwch at wyneb Derek a fflicio'i fys i symud y *wing mirror*. Bron na chlywech chi sŵn y glicied fach a gadwai'r *wing mirror* yn dynn at y car neu'n agored i'r gyrrwr allu gweld y tu ôl iddo.

'Yli!'

Ac yna roedd y car wedi'i fachu ac yn llaw Derek, cyn i Eifion rag-weld y bwriad, cyn iddo allu cau ei fysedd yn dynnach amdano. Rhedodd Derek oddi wrtho, yn chwerthin wrth fynd, gan ddal y car yn uchel fel y gallai Eifion ei weld yn diflannu. Aeth Eifion ar ei ôl a'i fuddugoliaeth yn yfflon; rhedodd nerth esgyrn ei goesau ar ôl Derek, oedd â chwe modfedd yn fwy o hyd yn ei gorff na fo. Gwichiai Derek i dynnu sylw'r plant eraill, a rhedeg rownd a rownd yr iard, tra trymhâi coesau Eifion yn sgil yr atgasedd a deimlai at Derek-Foel, a oedd i fod yn ffrind gorau iddo fo, ond a oedd yr eiliad hon yn dryllio'i fyd ac yn bygwth popeth ynddo.

'Sbiwch! Sbiwch!' gwaeddai Derek.

Safodd Derek a dal y car bach uwch ei ben, ymhell bell o gyrraedd Eifion. Neidiodd Eifion yn ofer i geisio'i adfer. A neidio eto ac eto a dyrnu Derek yn ei frest â'i ddwylo. Chwerthin a wnâi Derek – tan i un o ddyrnau Eifion lanio'n ddirybudd ar ei ên. Trodd y jeibio'n dempar ar unwaith, a thaflwyd y Porsche i'r naill ochr yn ddiseremoni wrth i Derek ymroi i ddial, a thynnu gwallt a dyrnu a chicio.

'Ffe-e-it!' llafarganodd rhywun wrth ei fodd, a thyrrodd y plant eraill at y glymfa chwyslyd o bedair llaw'n waldio, pedwar dwrn yn peltio a phedair coes yn glymau byw.

Yna, yr un mor sydyn, roedd Mr Hughes wedi ymddangos yn eu plith, yn arthio arnyn nhw i fynd i mewn ac yn datgymalu bwndel sgraffiniedig, cleisiog o ddau ffrind gorau. Daliodd y ddau bob ochr iddo gerfydd eu crysau-T, led mwy na phelten oddi wrth ei gilydd. Roedd gan Derek drwyn gwaed ac roedd gan Eifion sgraffiniad hyd ei foch, a hwnnw eisoes yn dechrau gwthio smotiau gwaed i'r wyneb.

'Be sgynnoch chi i ddeud drostach chi'ch hunain?' bloeddiodd Mr Hughes.

'Sori, syr!' meddai Derek.

'Sori, syr!' meddai Eifion yn syth wedyn. Medrai weld y Porsche yng nghornel yr iard, yn llechu yng nghysgod y wal. Gweddïodd na welai ei dad mohono, ac na sbragiai Derek.

'Fo oedd…!' meddai Derek.

'Sori, syr,' meddai Eifion eto mewn llais bach, bach, i geisio tynnu meddwl Derek oddi ar y Porsche.

'I'r dosbarth!' gorchmynnodd y prifathro. 'Dim amsar chwara i 'run ohonoch chi am weddill 'rwsnos.'

Oedodd Eifion am eiliad i ystyried y Porsche, ond gwyddai na fedrai ei godi heb dynnu sylw ei dad ato. Lled-redodd tuag at y dosbarth, a Derek yn linc-di-loncian o'i ôl. Clywodd lais ei dad yn hel y plant eraill i bellafion yr iard o'r ffordd.

Yn yr ystafell ddosbarth, eisteddodd Eifion wrth y ffenest, lle gallai gadw llygad ar y Porsche bach coch. Eisteddodd Derek cyn belled oddi wrtho ag a oedd yn bosib heb fynd drwy'r wal i'r ystafell ddosbarth drws nesaf. Nid aeth yr un o'r plant yn agos at ei gar. Gallai Eifion glywed eu chwerthin a'u chwarae draw ym mhen pellaf y cae chwarae. Gweddïodd na fyddai ei dad na'r un o'r athrawon eraill yn penderfynu cerdded drwy'r iard ac yn gweld y Porsche, a bu ar bigau nes i'r gloch ganu ac i'r plant ddod i mewn – heb iddyn nhw sylwi ar y car bach coch, diolch-i-dduw.

Deng munud i dri, a'r car bach wedi cael llonydd yng nghysgod y wal drwy weddill y pnawn. Deng munud eto a châi fynd allan gyda'r plant eraill a sleifio i'r iard gefn i afael yn y Porsche bach coch.

Ond na. Unwaith eto, roedd cysgod ei dad wedi ymddangos o rywle yn ddiarwybod iddo, ac Eifion yn tyngu ei fod newydd glywed ei lais draw ym mhen arall yr ysgol, ymhell bell o gyrraedd yr iard – ond roedd o yno, yn plygu uwchben y car bach coch ac yn ei godi, yn sbio arno a'i droi rownd yn ei ddwylo cyn clepian ei law'n dynn amdano a golwg 'dwi'n 'i gweld hi' ar ei wyneb. Rhoddodd y car yn ei boced a brasgamu'n benderfynol i gyfeiriad ei swyddfa.

Yr un brasgamu bwriadol oedd ganddo pan roddodd ei ben rownd drws ystafell ddosbarth Miss Puw am bum munud wedi tri – awr a mwy'n gynt na'i arfer – a dweud 'Adra!' yn siarp wrth Eifion. Roedd Cefni y tu ôl iddo, a golwg ddim yn deall arno.

’Nôl adref, mi gafodd dynnu’i siorts a chael tair clatsien ar ei ben-ôl – tad, mab ac ysbryd glân – a frifai lai na chystwyo geiriol ei dad.

‘Rhag cwilydd! Dwyn ma’n nhw’n galw peth fel’na.’

Be wyt ti’n ’i alw fo ’ta, Dad, daliodd Eifion ei hun yn meddwl.

Safai Cefni wrth y drws a golwg boenus ar ei wyneb. Roedd o wedi deall bellach fod a wnelo’r smacs â’i eiddo fo, ac roedd ei lygaid o’n euog, ond fentrai o ddim tarfu ar ei dad yng nghanol y cerydd.

‘Mab i fi’n lleidar,’ gwaeddodd ei dad. ‘Ac yn iwsio’i ddyrna yn ’rysgol,’ ychwanegodd Mr Hughes y prifathro.

Derek oedd yn mynd drwy feddwl Eifion wrth iddo sniffian yn hunandosturiol ar ei hyd ar ei wely a nodau ‘Waterloo’ Abba Cefni yn hofran i fyny ato fo o’r piano. Blydi Derek-Foel. Doedd o ddim yn gorfod talu ddwywaith fel y byddai’n rhaid i Eifion ei wneud bob tro y byddai o’n hogyn-drwg yn ’rysgol. Doedd dim posib cadw’r ddau le ar wahân fel y câi plant eraill ei wneud – cadw cyfrinachau’r ysgol yn yr ysgol, a chyfrinachau adra, adra.

Rhwng dwy sniff, clywodd wich ei ddrws yn agor, a sylweddolodd Eifion fod ‘Waterloo’ wedi hen ddod i ben. Safai Cefni yn y drws heb fentro dros y trothwy i mewn i’r ystafell. Be oedd hwn isio eto? Arno fo roedd y bai i gyd, am fod yn hogyn-da yng nghynhebrwng Nain. Am fod yn hŷn na fo. Am fod…

‘Meddwl ’sa chdi isio chwara hefo hwn am damaid bach,’ meddai Cefni ac agor ei law i ddangos y Porsche.

Edrychodd Eifion yn hiraethus ar y car, gan ddal i ddwlu arno er maint y gofid roedd wedi’i achosi iddo.

‘Stwffio chdi,’ meddai, gan droi ei gefn ar Cefni i wynebu’r wal a lluniau Noddy drosti. Lluniau babi bach, nid lluniau hogyn mawr a chwaraeai â cheir a garejys. Ond dyna fo, hogyn bach oedd o. Hogyn bach drwg.

'Gei di chwara efo'r garej a'r ceir unrw bryd ti isio,' mentrodd Cefni eto.

'Tydw i ddim isio,' gwaeddodd Eifion a chlywodd y drws yn cau wrth i Cefni roi'r gorau i geisio trwsio'r bont.

Ac eto, roedd o'n gwybod yn iawn yr un pryd mai'r un peth fyddai'n lleddfu ei galon friw ac yn sychu ei ddagrau hallt fyddai cael chwarae â'r garej grand a'r Porsche bach coch.

5

Tydi fa'ma ddim yn lle i siarad

'UN FFORDD OEDD 'na i mi. Ffordd y brawd bach, ffordd yr un twpa o'r ddau, yr un lleia cyfrifol, yr un lleia call. Dyna dwi fod. Dyna fuis i, dyna ydw i, dyna ma pawb arall isio fi fod. Fedra i'm newid hynna.'

'Persbectif,' meddai Dewi a thawelu.

Disgwyliodd Eifion iddo ymhelaethu a damio'i hun hefyd am ddisgwyl. Edrychodd drwy'r rheilins ar y dŵr, ar lwybr hir, du'r Fenai'n ymestyn o'i flaen fel corff merch i'w anwesu. Dyma'r unig bersbectif. Dyn yn wynebu ei ddiwedd. Dyna ydan ni gyd. Dynion ar y bont yn sbio i lawr ar y dŵr, a'r un peth, yr Un Peth roedd o'n ei wneud yn wahanol i'r lleill oedd dewis amser i ddod â'r cyfan i ben. Ildio pan ddôi'r amser i ildio, nid gorwedd mewn gwely yn methu codi pen na braich, yn methu yngan gair, fel Nain Rhos, ac oriau diderfyn yr aros tra dymunai pawb arall i'r diwedd ddod yn gynt nag y dôi. Ei ddewis cyntaf erioed, a dyma hwn wedi'i ddarnio, wedi'i ddwyn. A'r llewod yn rhuo wrth ei gefn a'r nadredd yn brathu ei sodlau, rhaid oedd neidio o'u cyrraedd. Roedd o wedi'i eni i'r dewis hwn, i sefyll yn fa'ma a neidio o'u cyrraedd. I hyn y daeth hi...

Roedd Nain Rhos wedi bod yn nannedd y llew, a'r nadredd wedi gwenwyno'i hymysgaroedd. I be? Nabyddodd Eifion erioed fwy na'r gragen wag yn ei gwely. Dyna'r unig bersbectif.

Cofiodd am Cefni'n siarad â'i nain – ''Dan ni 'di dŵad

i'ch gweld chi, Nain' – a hithau'n gweld dim yn ôl. Eifion yn gorweddian fel brechdan ar draws y gadair isel yn y gongol gan chwarae â llinyn ei siorts, ei fam yn dweud wrtho am siarad, a fynta'n methu siarad hefo'r dim byd oedd ar ôl o Nain. Ei dad yn rhoi pwt i'w ysgwydd i wneud iddo 'ddeud rwbath' ac Eifion yn dweud y peth cyntaf ddaeth i'w feddwl: 'Ma *Doctor Who*'n dechra yn y munud, Nain.' Fatha tasa Nain am godi o'i gwewyr di-air, digyhyr, difywyd a'u dilyn i lolfa'r cartref a disgyn i sedd i ymgolli ym mrwydr fawr y Doctor â'r Daleks. Hithau'n ddistaw yn ei chragen eisoes yn wynebu ei Daleks ei hun, a oedd yn prysur fwyta'i thu mewn fel cynrhon parasitig. 'Ma Eifion yn licio *Doctor Who*,' eglurodd Cefni wedyn wrth Nain, nad oedd doctor yn y byd fedrai wyrdroi ei disgyn araf, araf i freichiau'r twll du.

'Yr atom,' dechreuodd Dewi, fel pe bai'n agor darlith. 'Yr un peth yw'r bach, bach a'r mawr, mawr, yn dibynnu o ba gyfeiriad ti'n edrych.'

'Doro dy atom fyny dy dwll tin,' cyfarthodd Eifion. 'Be sgin hynny i neud efo fi'n mynd yn bankrupt?'

'Popeth!' Agorodd Dewi ei freichiau led y pen i ddynodi'r byd yn grwn.

Mae hwn yn gwybod y cyfan, meddyliodd Eifion; mae o'n union fel Cefni bach arall. Roedd ei fywyd yn llawn Cefnis. A 'mond y fo oedd yn Eifion.

'Ti'n gwbod bo ti wedi gwisgo dy grys tu chwith?' holodd Eifion.

'Persbectif,' meddai Dewi eto. 'Ma fe tu de o le 'wy'n sefyll. 'Drych,' dechreuodd wedyn, a nesu at Eifion.

Ceisiodd Eifion gilio'n ôl ond roedd o eisoes â'i gefn ar fôn y tŵr. Roedd Dewi'n dangos label y crys-T tu chwith, tu ôl ymlaen iddo.

'Meddylia nawr, os galli di,' meddai, gan lenwi Eifion â lefel ddyfnach eto o syrffed, na wyddai am ei bodolaeth cyn hynny. ‘Dychmyga dy fod ti’n fod bach, isatomig, yn bryfyn bach os licet ti. Dychmyga gerdded ar draws y label ’ma – teimla fe.’

Gwthiodd y label dan drwyn Eifion nes i hwnnw afael ynddo i’w deimlo am hanner eiliad, mewn rhyw fath o obaith lloerig y byddai ufuddhau yn cau ceg y llall.

‘Mae e’n llyfn fel sidan, nag yw e?’

Ni chafodd ateb gan Eifion.

‘Wel, i’r pryfyn lleia oll, ma pob edefyn yn drwchus, drwchus fel bonyn coeden, a’r bwlch rhwng yr edafedd yn broblem: shwt mae e am groesi’r bwlch er mwyn cyrra’dd pen draw’r label?’

Roedd ei lygaid yn fawr, fawr reit o flaen wyneb Eifion.

‘Dyna’i fywyd e, croesi’r label. Hyd ’i oes e yw hyd y siwrne beryglus o un pen i’r llall. Nawr’te, ti’n becso am ryw dipyn garej, a ma fe’n becso shwt neith e groesi’r bylche rhwng yr edafedd rhag iddo fe ddisgyn i’r twll du sy rhyngddon nhw. ’Na ti beth yw argyfwng.’

Daeth sŵn car i wneud iddo gamu’n ôl, ac anadlodd Eifion ei ryddhad yn hyglyw. Gwyliodd y ddau olau’r car yn nesu a gwelodd Eifion y plac ‘Police’ ar ei do cyn gallu hanner gobeithio mai tacsi oedd o. Daeth pen y cwnstabl i’r golwg drwy’r ffenest agored cyn i’r car stopio wrth eu hymyl.

‘What are you doing?’ cyfarthodd.

‘Siarad,’ meddai Dewi.

‘Tydi fa’ma ddim yn lle i siarad,’ meddai’r cwnstabl.

‘Nag yw e?’ holodd Dewi.

‘Lle dach chi’n mynd?’ holodd yr heddwas wedyn.

‘Cwestiwn da,’ meddai Dewi.

‘I Borthaethwy,’ meddai Eifion, i hel y diawl oddi yno.

‘Gw on ’ta, ar ’ych ffordd!’ gorchmynnodd yr heddwas.

Disgwyliodd yr heddwas a’i yrrwr i’r ddau ddechrau cerdded tuag at ben draw’r bont cyn i’r car ddechrau symud.

Malwennodd y car heddlu heibio i'r ddau cyn codi sbid ac anelu dros y bont. Byddai'r ddau yn eu holau cyn pen dim, meddyliodd Eifion, ac yn cadw llygad am weddill y noson.

'Shwt garej o'dd 'da ti?' holodd Dewi wrth gerdded.

'Garej trwsio a gwerthu ceir,' atebodd Eifion yn ddiflas.

Yn union fel yr un a gafodd Cefni am fod yn hogyn-da. Lle i werthu petrol, a siop fach, a ramp ac iard lle safai rhes o geir newydd sbon yn disgleirio yn yr haul, ac yn y cefn, wedyn, resaid arall o geir ail-law wedi'u trin â'i ofal tyner o a'i weithwyr i bawb yn y byd gael car o bwys. Fo oedd y bòs. Fo oedd wedi'i gwneud hi yr hyn oedd hi. A ddim fo pia hi rŵan. Ddim fo oedd pia'r BMW a'i cludodd yno o'i dŷ chwaith, a ddim fo pia'r tŷ, a ddim fo pia Fiona na'i blant. 'W't ti ddim pia fi,' poerasai Dwynwen tuag ato yr wythnos diwethaf, a Deio ym mhen draw'r byd yn Tokyo, cyn belled ag y medrai fod oddi wrth ei dad heb ddisgyn oddi ar y ddaear.

Dyna oedd Eifion wedi'i gynllunio iddo'i hun: disgyn oddi ar y byd. 'No-o-o-o ffiwtsha-a-a-a!' cofiodd Derek-Foel yn udo canu yn ysgol bach unwaith y dysgodd o gytgan un o ganeuon Sid Vicious. Os dysgu hefyd. 'Na'r oll a wyddai – 'No-o-o-o ffiwtsha-a-a-a!', a swniai fel 'no fuschia'. Cân addas i drefnydd angladdau. Ai Derek fyddai wedi ymgymryd â'i angladd o? Ystyriodd Eifion mai 'fyddai' oedd y synnwyr ddaeth i'w feddwl, nid 'fydd'.

Roedden nhw wedi cyrraedd pen pella'r bont a Dewi wedi gofyn iddo pa un o'r ceir oedd wedi'u parcio yno oedd ei gar o. Trodd Eifion ar ei sawdl a dechrau cerdded yn ôl tuag at ganol y bont. Doedd o ddim yn barod i gyrraedd glan, roedd o'n dal eisiau bod yn nunlle, a'i ddewis yn dal efo fo. Wnaeth Dewi ddim dadlau, dim ond ei ddilyn.

'Gas 'da fi geir,' meddai Dewi ar ôl rhai eiliadau o gerdded a dim ond sŵn y gwynt, yr afon a'u camau.

‘Sut doist ti ’ma ’ta?’ prepiodd Eifion.

‘Mewn car,’ atebodd Dewi’n ddigyffro. ‘Bocsys, ’na i gyd y’n nhw. Bocsys i’n cadw ni ar wahân. Ac ry’n ni i gyd yn y bocsys yn hala’n hoes yn treial peido bwmpo mewn i focsys bach erill, gwmws yr un peth â ni. Fel electrone’r atom.’

‘Y bocsys ’na ydi… oedd ’y mywoliaeth i.’

Anwybyddodd Dewi ef. ‘Ni i gyd yn gaeth i’n bocsys.’

’Mond un bocs dwi isio bod yn gaeth iddo fo rŵan, meddyliodd Eifion: bocs pren Derek-Foel.

6

Tasa fo'n gwybod y gair

FEL PE BAI yna fagned anweledig, anhygoel o gryf yn ei dynnu ato, y Porsche oedd yn gyfrifol am sbwylio diwrnod Aberdaron hefyd.

(Dyna'r peth, meddyliodd yr Eifion-mewn-oed, cael fy nhynnu at yr hyn ddyliwn i ddim ymhél ag o wnes i erioed. Cael fy nenu gan yr union bethau na ddyliwn i gael fy nenu atyn nhw er fy lles – dyna hanes Eifion Hughes.)

Roedd Eifion wrthi'n gwneud traciau yn y tywod ar y traeth ac wedi codi tref o gerrig o bobtu iddyn nhw, a strydoedd, a'r Porsche yn gyrru fel fflamia i ddianc rhag y plismon ar ei fotobeic o bren lolipop, tra oedd ei fam yn bolaheulo ar y leilo.

'Chwara di'n hogyn-da i Mam nes down ni'n dau 'nôl a mi gawn ni i gyd hufen iâ cyn mynd adra,' addawodd ei dad cyn iddo fo a Cefni fynd i drwyna'n ddiflas drwy'r pyllau wrth droed y clogwyn.

Yna torrodd llais ei fam drwyddo fel sord-ffish:

'Lle gest ti hwnna?' Hofrannai uwch ei ben yn ei gwisg nofio fawr, flodeuog, gan guddio'r haul.

'Ma Cefni'n gwbod,' plediodd Eifion. Roedd bronnau ei fam yn edrych i lawr arno fel dau gastell tywod amryliw yn hongian ben-i-waered, yn anferthol o fawr, yn ddigon i'w fygu pe bai'n mynd yn rhy agos atyn nhw. 'Fo ddudodd 'swn i'n ca'l chwara efo fo.'

'Ti'm yn dysgu dim?' Cododd llais ei fam fel tasa hi'n canu cân.

'Wir, Mam…!'

Ond roedd ei fam wedi dechrau pregethu, gan foddi'i lais. Eiddo Eifion i Eifion ac eiddo Cefni i Cefni.

'Yr holl drwbwl achosodd y car 'na i chdi. Gneud i chdi ffeitio, a ddudodd mam Derek na 'sa chdi byth yn ca'l mynd yna eto am roi trwyn gwaed iddo fo, yr holl drwbwl, a dy dad a finna'n trio dysgu i chdi be sy'n iawn a be sy ddim a'ch dysgu chi i barchu eiddo'ch gilydd. Chwara teg i Cefni, mae o'n hogyn-da ac yn gneud be 'dan ni'n ddeud a tydi o'm yn haeddu ca'l 'i stwff wedi'i hambygio gen ti.'

Rhoddodd Eifion y gorau i ddadlau mai Cefni wnaeth ddweud. Fyddai o ddim wedi'i cholli hi pe bai ei fam wedi'i gadael hi ar bregeth a gadael llonydd iddo. Ond pan chwipiodd hi'r Porsche bach o'i law gan frwsio'r moto-beic plismon a'r siop lysiau a'r sinema a'r stryd fawr a'r pwll nofio yn chwilfriw, mi dorrodd 'na rywbeth ym mhen Eifion, fel strôc: fel pe bai hi, hefo'r un ystum hwnnw o gipio'r car, yn rhoi ei llach ar ei holl fodolaeth, yn ei wrthod fel dafad yn gwrthod ei hoen yn y cae wrth y tŷ nes bod y ffarmwr yn stwffio trwyn yr oen bach ar ei theth i drio'i chael hi i adael iddo sugno, gwthio, stwffio'i hoen i'w chariad, ond doedd 'na'r un ffarmwr i wneud yr un fath i'w fam, ac wrth iddi fachu'r Porsche, gwawriodd hynny yn ei feddwl. Mi sgrechiodd Eifion dros y traeth, sgrechian nes bod ei du fewn o'n trio dod allan, a'i fam yn ei ysgwyd o a'i slapio fo a hanner-gweiddi, hanner-begio arno fo i stopio – rhag-i'r-holl-bobol-erill-ar-y-traeth-glywed. Ac wedyn roedd o'n crio, crio, crio a doedd o ddim yn siŵr pam, ond bod 'na andros o argae mawr wedi agor ynddo fo, ac roedd o'n gwybod. Unwaith eto. Fod yr un peth roedd arno ei eisiau yn union yr un peth â'r hyn oedd yn mynd i'w frifo fo, troi ei deulu yn ei erbyn o, ei wneud o'n ysgymun (tasa fo'n gwybod y gair). A gwelodd ei dad, a Cefni wrth ei sodlau'n dilyn yn hogyn-da, yn rhedeg ar draws y traeth tuag ato fo a'i fam, ond fedrai o ddim stopio'i hun.

'Wo's wrong wiv 'im?' holodd rhyw Saesnes a ddaeth i'r golwg yr ochr arall i'w *windbreaker* rai troedfeddi oddi wrthyn nhw. Roedd ganddi lun o Sid Vicious, arwr Derek-Foel, ar ei chrys-T, sylwodd Eifion.

'Highly strung,' atebodd ei fam yn ei hembaras, gan baentio gwên blet ar ei gwefusau.

'Doro gora i dy sterics,' gorchmynnodd ei dad, gan ddal ei law fel pe bai am ei hitio. Wnaeth o ddim, ond wnaeth Eifion ddim tewi'n llwyr chwaith, dim ond digon i droi'r crio am i mewn iddo'i hun nes bod ei wyneb o wedi chwyddo. Roedd ei fam wedi dychryn gormod i adael i'w dad ei geryddu am igian yn ddistaw wrtho fo'i hun a bellach roedd Cefni wedi dweud wrthyn nhw'n hollol glir mai fo oedd wedi dweud wrth Eifion y câi o chwarae hefo'i Borsche…

'Da iawn chdi am rannu,' canmolodd ei dad ei frawd.

Tawedog fu'r daith tuag adref yn y Saab 99 a'r sticyr 'Ie dros Gymru' newydd ar ei ffenest ôl. Llyfai ei dad a'i fam a Cefni bob i *ninety-nine* mawr braf tra syllai Eifion allan drwy'r ffenest â'i lygaid poenus. Heb dynnu sylw ei rieni, roedd Cefni wedi ceisio cynnig llyfiad o'i un fo iddo – hwda – ond troi i ffwrdd a wnaethai Eifion.

'Gad iddo fo lyncu mul,' clywodd lais ei fam o'r sedd flaen.

Blas chwerw oedd i'r hufen iâ o siop y garej yng Nghaernarfon lle stopiodd ei dad am betrol ar y ffordd adref. Ni fentrodd Eifion ei wrthod.

'Hwda,' meddai ei dad wrth ei estyn iddo o'r tu blaen. Daliodd Eifion yr edrychiad rhwng ei dad a'i fam – 'na fo, 'na hynna bach drosodd eto.

Doedd o ddim drosodd i Eifion. Ddim o bell ffordd. Wrth lyfu'r hufen iâ casaf ei flas hwnnw rhag iddo doddi y sylweddolodd Eifion am y tro cyntaf yn ei nawmlwydd byr fod y byd yn lle annheg, fod rhai wastad yn cael a rhai ddim yn cael. A hyd yn oed pan gâi'r rhai-oedd-ddim-yn-cael, doedd o ddim yn teimlo fel petaen nhw'n cael go iawn. Dim ond mesur o'u haflwyddiant oedd pob cael o'i gymharu â'r hyn a gâi eraill. Deallodd mai cenfigen oedd yr unig deimlad go iawn. Fflachiodd crys y ddynes o Birmingham a Sid Vicious dros ei bronnau i'w feddwl. Fi ydi'r Sex Pistols a fo ydi Abba, meddyliodd. Fo ydi Cymru a fi ydi Lloegar, fo ydi 'ia' a fi ydi 'na' (yn y dyddiau cyn i 'ia' golli, meddyliodd yr Eifion-mewn-oed).

Wrth stwffio'r Porsche yn dawel bach mor ddyfn ag y medrai i lawr ochr sedd ôl y Saab, byth-i'w-weld-eto, mi ddywedodd Eifion ffac-off o dan ei anadl wrth ei nain am farw a gwneud Cefni'n hogyn-da a fynta, Eifion, yn hogyn-drwg.

7

Twll du Eifion

AR GANOL Y bont, stopiodd Eifion a throi eto i edrych dros y rheilins. Doedd hi ddim ar ben. Medrai eto neidio, cyn i gar yr heddlu ddychwelyd i gadw llygad. Fyddai Dewi ddim yn medru ei ddal pe bai o wirioneddol o ddifri.

Potelaid arall o wisgi fyddai wedi bod yn dda.

'Pont y trên,' meddai Dewi wrth ei ochr, gan syllu draw ar Bont Britannia. A'r eiliad nesaf, clywai Eifion sŵn y trên yn nesu o bell ar y bont arall, ar wib tuag at Lundain neu Gaerdydd. ('Na' meddai Cymru gyntaf, wedyn 'Ia, plis!') 'Fel wedes i.'

Gwybod y cyfan. Am fendigedig, meddyliodd Eifion. ('Ma Cefni ni'n mynd i fod yn athro. Yn brifathro fel 'i dad.' Doedd map Mam byth yn anghywir.)

'Ma 'nghar i yr ochor draw man 'co,' pwyntiodd Dewi at ben arall y bont. 'Fydd y plismyn 'na 'nôl cyn bo hir.'

Daliai Eifion i wylio'r lli, heb arlliw o awydd symud er gwaetha'r oerni.

'Doedd 'na ddim byd byth yn ddigon da,' meddai wrth y nos.

('Ma Cefni ni wedi'i neud yn brifathro,' meddai Mam, a phopeth arall gafodd ddim ei ddweud yn fwlch, yn dwll du, lle roedd Eifion. 'Ma Cefni ni wedi'i neud yn – flaenor, cynghorydd, yn drefnydd tîm y Talwrn…' Llanwer y bwlch yn ôl yr amgylchiad.)

'Ddim yn ddigon da i ti?' holodd Dewi. 'Neu i bawb arall yn dy olwg di? Beth o'dd yn ddigon da i ti?'

Fi?

(Pasio 'mhrawf gyrru – 'Crash gei di,' meddai Mam. 'Ma Cefni ni wedi…' Fyddai hi byth yn dweud 'Eifion ni'.)

'Garej, 'na be o'n i isio.'

'Gest ti un.'

'Ches i mo'r un o'n i isio.'

'O?'

'O'n i isio un am fod yn hogyn-da, a ches i mo honno.'

'A 'na pam ti'n llyo dy glwyfe man 'yn.'

'Neith neb arall 'u llyfu nhw,' gwaeddodd Eifion arno.

Daeth iddo hyrddiad o egni a'i cyfeiriodd at drawst dur y bont. Neidiodd arno, a theimlo'i hun yn codi'n sigledig i'w draed. Edrychodd i fyny a gweld y trawst yn diflannu ar letraws i fyny uwch ei ben at frig y bont.

'Dere lawr!' gorchmynnodd Dewi.

Am y tro cyntaf, credai Eifion ei fod o'n clywed braw yn y llais.

''Wy moyn siarad!'

Doedd Eifion ddim am wrando. Rhoddodd ei droed dde o flaen y chwith a dal ei freichiau allan i gadw'i gydbwysedd. Camodd ddwywaith cyn plygu a defnyddio'i freichiau i arwain ei goesau a sadio'i hun ar y llwybr ar i fyny. Roedd o cyn uched â phen Dewi, a edrychai arno a'i lygaid yn byllau tywyll, llawn ofn.

'Dere lawr!'

Roedd o'n uwch rŵan, a'i lwyddiant yn ei annog yn ei flaen.

''Wy moyn i ti glywed am Ffran!'

Dôi llais Dewi i fyny ato, ond roedd pob gair yn mynd yn bellach oddi wrtho.

'Ma Ffran yn galler darllen meddylie.'

'Dwi'm yn gwrando,' gwaeddodd Eifion yn ôl arno. 'Ti

’mond yn deud rwbath er mwyn trio’n stopio fi. ’Nei di ddim.’

Teimlai ei gyhyrau’n deffro wrth iddo gamu yn ei flaen i fyny’r trawst at frig y tŵr. Roedd Dewi’n ei ddilyn ar hyd y palmant a’i wddw wedi’i ymestyn wrth iddo edrych i fyny, fel na welai Eifion ddim ond ei wyneb fel plât ar stwmpyn ei gorff.

Yna, dringodd Dewi y rheilins. Stopiodd Eifion ddringo, a gweld Dewi’n tynnu ei hun i fyny i’r rheilen uchaf a golwg arno, mae’n rhaid, fel yr olwg gyntaf a gawsai Dewi ohono fo pan ddaeth ar hyd y bont a gwneud smonach o’i gynllun.

‘Fi sy isio lladd ’yn hun,’ galwodd Eifion i lawr ar yr ynfytyn.

Roedd Dewi’n tynnu ei hun i ben y polyn, ac Eifion yn mwmian ‘Neith o ddim, neith o ddim’ i’r gwynt. Pam roedd o’n meddwl am Dewi? I be roedd o’n gadael i’r dieithryn dwl fynd dan ei groen o? Stwffio fo. Neith o ddim. Fo, Eifion, oedd yn mynd i neud. Hedfan o ben y tŵr, neidio o frig y bont, hofran fel deilen, plymio fel carreg i’r dŵr. Neith o ddim.

‘Idiot!’ gwaeddodd i lawr ar Dewi, a oedd yn edrych fel pe bai’n nofio ar y polyn.

‘Idiot dy hunan,’ gwaeddodd Dewi’n ôl, yn beryglus o agos i ogwyddo drosodd a disgyn i’r twll du, twll du Eifion.

Tynnodd Dewi ei goesau ato, a gwelodd Eifion o’n penlinio, yna’n eistedd ar y polyn a dim rhyngddo a’r gwacter yr ochr draw.

‘G’na fo ’ta.’ Teimlai Eifion ei dymer yn codi.

‘’Na dithe fe,’ galwodd Dewi ’nôl. ‘Ti neu fi sy’n mynd gynta?’

Plygodd Dewi ei ben ar ystum deif a dal ei freichiau allan.

‘Stopia!’ bloeddiodd Eifion nerth esgyrn ei ben a throi i ddod i lawr.

Yn ofalus, gwthiodd ei goes dde yn ôl ar hyd y dur. Roedd o ar yr un lefel â Dewi unwaith eto.

'Ty'd lawr,' gorchmynnodd Eifion wrth gefn Dewi'n eistedd ar y polyn. Cyrhaeddodd y gwaelod cyn i Dewi droi ato a gwenu. Yna, trodd yntau ei gorff a thynnu ei hun ar hyd y polyn yn ôl i'r palmant.

'Bastard,' poerodd Eifion at y wên falch ar wyneb Dewi. 'Bastard dwl,' meddai eto a'i lais yn torri.

'Dou fastard dwl,' meddai Dewi'n llon.

Rhythodd Eifion arno.

8

Presant Dave

GAIR FIONA OEDD 'bastard'. Dyna oedd y gair cyntaf i Eifion ei glywed o'i cheg. Mi gawsai ddigon o rybuddion, gallai'r Eifion-canol-oed weld hynny rŵan.

Yn y swyddfa roedd o, bron flwyddyn union cyn eu diwrnod mawr, yn gorffen llenwi manylion gwerthiant a wnaethai'r bore hwnnw, pan gyfarfu â hi gyntaf. Roedd Dave wedi taro allan ar joban, a fo, Eifion, oedd yn gwarchod y winllan.

'Bastard!' gwaeddodd y beth fach benfelen wrth ruthro i mewn drwy'r drws, cyn gweld pwy oedd yno. Cododd Eifion ei ben a syllu arni heb ddweud gair, a gadawodd iddi fustachu drwy ei hembaras a'i hymddiheuriad am mai Dave roedd hi wedi disgwyl ei weld, nid Eifion. Nid Eifion oedd y bastard y tro cyntaf hwnnw, a'r tro cyntaf hwnnw yn unig. 'Dwi 'di cerddad pedair milltir, a does 'na'm pwff o fynd yn y cythral peth, rêl croc, dyna be ges i am 'y mhres.'

'Dave,' meddai Eifion, gan gofio i'w fòs roi dawns fach y diwrnod cynt ar ôl llwyddo, o'r diwedd, i werthu'r Fiesta bach glas i 'ryw bimbo ddi-glem o Lanfairfechan'.

A rŵan roedd y bimbo ddi-glem yn bwrw ei llid ar Eifion, a dim gwyntyn o Dave ar gyfyl y garej.

Erbyn iddi orffen ymddiheuro'n lletchwith wrtho fo am ei regi, a fynta heb wneud dim i'w phechu, roedd ei thymer hi'n dechrau cydio unwaith eto: yr un cythreuliaid diegwyddor oedden nhw i gyd.

Diawl, roedd hi'n ddel pan oedd hi wedi gwylltio,

meddyliodd Eifion. Cochni'r gwrid ar ei bochau'n gweddu'n berffaith i'r gwallt blond a'i llygaid glas di-ben-draw.

Cipiodd oriadau ei gar ei hun oddi ar y bachyn a galw ar Phil o dan y ramp i'w hysbysu mai fo oedd 'in charge' am funud bach.

Eisteddodd hithau wrth ei ymyl gan roi cyfarwyddiadau iddo tuag at y fan lle bu farw'r Fiesta. Fiesta Fiona. (Go brin fod cyflythreniad wedi bod yn ystyriaeth wrth iddi ddewis math o gar.)

Fedrai hi ddim bod yn hŷn na fo, ystyriodd Eifion, gan ei gwylio drwy gornel ei lygad, a theimlo'n byrfyn braidd am edrych arni heb iddi wybod ei fod o'n gwneud.

Oedodd ei lygaid ar ei adlewyrchiad ei hun yn y drych, a daeth ton o ddiflastod drosto: go brin y byddai gan hon ddiddordeb mewn rhyw lipryn gwelw fel fo, yn ei ofyrôls mecanic budur, a'i ddwylo'n oel drostyn nhw. Roedd o wedi meddwl mai boliau ceir fyddai'r unig dystion i flerwch ei wallt heddiw, fel pob diwrnod arall. Llwyddai i gyrraedd y gwaith gwta chwarter awr wedi iddo godi o'i wely, heb godi brws dannedd na brws gwallt na cholli amser cysgu nac amser yn y gwaith drwy osod pen ei fys ar far o sebon.

Tynnodd ei law yn sydyn drwy ei gudynnau du, gan geisio peidio tynnu sylw.

Roedd Eifion yn falch o'i wallt. Disgynnai'n ddiymdrech i brin-gyffwrdd â'i ysgwyddau, ac er na châi lawer o sylw ganddo yn y boreau yn ei ysfa i gyrraedd y gwaith, byddai'n gofalu ei olchi o dan dap y bath nosweithiol i ddiosg y garej a'i haen o olew a baw oddi ar ei gorff.

Gwallt lliw llygoden oedd gan Cefni, a hwnnw'n gwthio'n groes i ddeddfau disgyrchiant i bob cyfeiriad heblaw at ei ysgwyddau.

''Sa waeth 'mi fwndel o sgrap ddim!' cwynodd y flonden

wrth ei ochr yn y car a chodi ei dwylo main cyn eu slapio ar ei chluniau perffaith. Roedd ei hewinedd wedi'u paentio'n goch dwfn, lliw ceirios. Deg ceiriosen goch ar ei chluniau.

Gwyddai Eifion na fyddai byth yn maddau iddo'i hun os na wnâi ryw ymdrech i drefnu i weld hon eto.

Erbyn iddyn nhw gyrraedd y Fiesta, roedd o wedi deall mai nyrs oedd Fiona, mai hwn oedd ei char cyntaf a'i bod hi wedi bod yn cynilo fel slafia – efo help gan ei thad – ers dwy flynedd i'w brynu.

'Mi oedd Dave ar fai,' meddai Eifion wrthi, gan feddwl na fyddai byth bythoedd wedi cyfaddef y fath beth wrth neb arall yn y byd. Yr un pryd, roedd o'n diolch â'i holl galon i Dave, yn ddistaw bach, am greu'r llanast yn y lle cyntaf.

Erbyn iddo godi'i ben o fol y Fiesta a'i chlywed hi'n tanio'r injan, roedd Eifion wedi dechrau mapio'i ddyfodol, ac erbyn i'r ddau ddychwelyd i'r garej mewn dau gerbyd gwahanol – fo'n dilyn fel ci wrth din y Fiesta – roedd o'n pendroni sut roedd o'n mynd i drefnu dêt efo hi.

Penderfynu mai gonestrwydd oedd pia hi wnaeth o:

'Wna i ddim maddau i mi fy hun os gadawa i chdi fynd heb ofyn ga i dy weld di eto,' meddai wrth i'r ddau gau drysau eu ceir. Plygodd ei ben, yn methu dioddef edrych arni'n ei wrthod, a dal ei wynt.

Ymhen oes, clywodd hi'n chwerthin. Gwrthodiad...

'Ia, iawn, gei di brynu fodca and leim i mi am y traffarth dach chi 'di'i achosi i fi.'

Gwenodd yn ddrygionus arno, a llifodd rhyddhad fel cyffur drwy gyhyrau Eifion.

Gwyddai fod llawer yn dibynnu ar y gwaith a wnâi ar y car i sicrhau na fyddai'r injan byth eto amen yn nogio'n ddirybudd, a bu wrthi tan bedwar o'r gloch y bore yn y garej yn trwsio a tsiecio'r car bach glas.

Dyna oedd dechrau'r daith iddo fo a Fiona. Eifion a Fiona – os nad oedd hi'n gynghanedd, mi ddylai fod.

Cofiodd Eifion eto'r wefr o fynd â hi adref i gwrdd â'i rieni am y tro cyntaf. Roedd Cefni wedi dod adref o'r coleg yng Nghaerdydd lle roedd o'n gorffen ei gwrs ymarfer dysgu. Teimlai Eifion fel pe bai o'n dangos cwpan aur ei fuddugoliaeth iddyn nhw. (Ylwch be sgin i! Ia, doro hyn yn dy beipan, Cefs, a smocia fo!) Dim ond dwywaith wedyn y bu Fiona yno cyn yr ymweliad i'w hysbysu eu bod am briodi. Gofalodd Eifion fod Cefni yno'r tro hwnnw hefyd.

Ni lwyddodd ei fam i guddio'i hanghymeradwyaeth o benderfyniad ei mab.

'Dach chi'n ifanc braidd, ydach ddim?'

Anwybyddodd Eifion ei hymateb, a thawelwch ei dad, ac agorodd y botel o win gwyn roedd wedi'i chludo efo fo er mwyn eu gorfodi i yfed llwncdestun i'w ddyfodol o a Fiona.

Cefni'n unig wnaeth roi'r argraff ei fod o wrth ei fodd dros y ddau.

'Go lew ti,' trawodd ei law'n gefnogol ar ysgwydd Eifion cyn rhoi cusan ar foch Fiona.

Gwenodd Eifion yn fuddugoliaethus arno: ar ei ben ei hun y byddai Cefni yn eistedd yn y brecwast.

Ym mowlen bysgod diwrnod eu priodas, daeth ei theulu swnllyd hi a'i deulu parchus o at ei gilydd am y tro cyntaf erioed, a'r tro olaf hefyd.

Edrychodd Eifion draw ar ei fam a'i dad yn y cysgod yng nghornel yr ystafell ddawns. Ei fam a'i dad, a Cefni – a'i gariad. Damia fo, roedd o wedi dechrau caru â Gwen o fewn pythefnos i ddyweddïad Eifion a Fiona. Sbeit, siŵr dduw. A rŵan, roedd ei dad a'i fam a Cefni a Gwen yn rhannu rhyw jôc, a Gwen yn edrych fel pe bai hi wedi'i geni i fod efo nhw. Teimlodd Eifion ryw ach yn ei ymysgaroedd. Doedd dim posib cau Cefni a Gwen allan o'r lluniau o'i briodas yn ei ben.

Roedden nhw'n eistedd drws nesaf i'w dad a'i fam yn y capel ac arnyn nhw y glaniodd llygaid Eifion wrth iddo droi i edrych ar Fiona'n dynesu tuag at ei phriodas ar fraich ei thad. Bu'n rhaid iddo wneud iddo'i hun droi oddi wrthyn nhw at ei ddarpar wraig yn ei gwisg briodas. Daliodd wyneb Dave yn rhoi winc iddo, a'i wên lydan yn ei annog i droi i edrych ar Fiona. Anghofiodd Eifion ei deulu am eiliad a rhyfeddu at ei phrydferthwch yn ei gwisg gacen eisin, a'i fêl yn methu cuddio'r wyneb hardd a'i ringlets blond oddi tani. Fi sy pia hi, meddyliodd Eifion. Fi sy pia hi, fy un i yw hon i'w chadw am byth. Fi sy'n priodi gyntaf, i'r diawl â Gwen. Fedrai hi na'r tri arall ddim gwadu'r ffaith mai fo oedd wedi bachu'r Fiona brydferth hon.

Syllodd eto ar y pedwarawd cyffyrddus yn y gornel – yn cymharu rhinweddau'r englyn a'r soned, mae'n siŵr, meddyliodd Eifion yn chwerw. Medrai Gwen wneud hynny, er nad oedd hi hanner mor ddel â Fiona. Ac roedd hi'n medru sgwrsio'n braf â nhw mewn ffordd na fedrai Fiona. Ond fedrech chi ddim gwisgo barddoniaeth, fedrech chi, na'i thaenu ar eich wyneb na'i hongian o flaen eich ffenestri.

'Mr Hughes.' Daeth Fiona o rywle y tu ôl iddo a'i wasgu rownd ei fol. Am hanner eiliad, tybiodd Eifion mai at ei dad roedd hi'n cyfeirio.

'Mrs Hughes,' ategodd Eifion gan lusgo'i drem oddi ar ei deulu yn y gornel.

Plannodd Fiona gusan sydyn ar ei wefusau cyn cofio'r hyn roedd hi eisiau ei ddweud.

'Ma Yncl Jac 'di prynu colour TV twenty-six inch hefo remote control i ni'n bresant pr'odas.' Pefriai ei llygaid.

'Sgynnon ni'm lle i'w rhoi hi,' meddai Eifion.

'O cym on, Eifs!' Roedd ei siom yn gwneud iddi edrych fel plentyn bach. 'Fedran ni neud lle – a fyddwn ni'm yn hir cyn symud i le mwy, na fyddan?'

'Na fyddwn,' mwmiodd Eifion. Roedd y mis mêl a'r dillad newydd – gwisg wahanol ar gyfer pob diwrnod ohono i Fiona – eisoes wedi bwyta'i gyflog yn gyfan am y tri mis nesaf.

Gwelodd Dave drwy gornel ei lygad yn gosod peintiau o flaen hogiau'r garej, a eisteddai'n gylch dethol wrth y bwrdd nesaf at y bar.

'Dydi Dave ddim wedi rhoi presant i ni eto chwaith,' dilynodd Fiona ei edrychiad. 'Ddylian ni gael rwbath reit neis gynno fo. Ti ydi'r favourite,' ychwanegodd. 'A mi gafodd o fod yn best man.'

Doedd Eifion ddim yn siŵr ai Derek-Foel ynteu Dave a gâi'r anrhydedd – ond nid Cefni. Na, nid Cefni. Byddai rhegfeydd Derek-Foel wedi plesio teulu Fiona, wedi cadw'r areithio'n ysgafn, lawen. Gwyddai Derek-Foel beth oedd priodas a beth oedd cynhebrwng, ac roedd ganddo siwt liw hufen a neilltuai ar gyfer priodasau, mewn cyferbyniad llwyr â'i siwtiau angladdol tywyll.

Ond Dave gafodd fod yn was priodas. Ac mi ddywedodd y pethau iawn, efo'r cydbwysedd perffaith rhwng yr ysgafn a'r annwyl. Gwell o lawer nag y byddai ei dad ei hun wedi'i wneud, meddyliodd Eifion; yn union fel tad a oedd hefyd yn ffrind, fel rhywun oedd yn fwy na bòs. Mwynhaodd Eifion yr eiddigedd tawel yn llygaid hogiau eraill y garej, a dechreuodd feddwl be gâi'n bresant priodas gan Dave. Doedd o ddim wedi sôn gair hyd yn hyn. Tu allan i'r busnes, un go ddidoreth oedd Dave ar y gorau, ond Eifion oedd ei ffefryn. Wnâi Dave mo'i anghofio.

'Ella ga i godiad cyflog,' meddai Eifion yn obeithiol.

Roedd Dave yn anelu tuag ato a pheint ym mhob llaw. Estynnodd un i Eifion gan droi at Fiona.

'Be gymi di, cyw?'

'Ma gin i ddau lasiad o win ar y go,' meddai Fiona gan anelu at fyrddau ei theulu a'i ffrindiau. Rhoddodd winc i Eifion y tu ôl i gefn Dave.

'Ti'n iawn, boi?' holodd Dave cyn cymryd sip o'i beint. 'Ti ddim yn difaru?'

Chwarddodd Eifion. 'Braidd yn fuan i ddechra gneud hynny,' meddai gan wenu.

'Wel, dduda i un peth. Ma gin ti bôl an' tshên ddel ar y naw. Taswn i hannar 'yn oed, 'swn i'n jelys,' cellweiriodd Dave, a thasgu ei chwerthiniad arthaidd dros y lle.

Hen lanc oedd o, a chlywsai Eifion mohono'n dangos unrhyw arlliw o ffansi at y rhyw deg o'r blaen. Roedd hogiau eraill y garej wedi bod yn rhyw falu cachu dro'n ôl, yn amau'r hen Dave o fod yn *closet gay*, ond mi bw-pwiodd Eifion y syniad wrth y lleill. Roedd pen a chalon Dave yn rhy lawn o'i garej i allu rhoi amser i fod dynol arall o'r naill ryw neu'r llall. Ceir oedd ei fyd o, a dyna hyd a lled ei ddealltwriaeth a'i ddiddordeb. Fedrai o ddim dirnad cnawd. Pe bai o wedi medru priodi car, byddai wedi gwneud hynny bellach, ac wedi hen ymroi i odineb efo fflyd o rai eraill.

Ac eto, roedd o wedi cymryd Eifion o dan ei adain, yn fwy na'r un o'r lleill, wedi dysgu pob dim a wyddai iddo dros y pum mlynedd diwethaf, wedi tybio iddo ganfod enaid hoff, cytûn – ac efallai'n falch yr un pryd fod gan yr hogyn fywyd y tu allan i'r garej efo Fiona, fel na fu ganddo fo erioed.

'Ma siŵr bo chdi'n meddwl lle ma 'mhresant i,' meddai Dave yn ddidaro.

'O'n i'm yn licio gofyn,' cellweiriodd Eifion, heb gellweirio chwaith.

'Ti'n ifanc,' meddai Dave, yn graddol ddifrifoli. 'Rhy ifanc, ma siŵr gen i.'

Ceisiodd Eifion ystyried beth roedd Dave yn ei feddwl wrth ddweud hyn. Oedd o'n feirniadol ohono fo am briodi? Oedd o'n gweld bygythiad i'r garej?

'Ond ma gin ti addewid. Dwi'n gweld yr awydd yn dy lygada di, dy frwdfrydedd di 'nglŷn â'r garej 'cw.'

O'n i'n iawn, meddyliodd Eifion. Codiad cyflog, myn diaen, a dechreuodd ffurfio geiriau o ddiolch i'w fòs yn ei ben.

'Mi w't ti wedi cyfrannu'n helaeth at 'i llwyddiant hi ers i ti ddod yno, a dwi'n gwbod y gnei di gario mlaen i'w rhoi hi'n gynta.'

'Paid â deud wrth Fiona,' meddai Eifion i geisio ysgafnu ychydig ar ddifrifoldeb anarferol Dave.

Ond doedd Dave ddim am wamalu. Am unwaith, ni ddaeth gwên i'w wyneb. Cymerodd sip o'i beint.

Ty' laen, meddyliodd Eifion.

'Fydd hi'n ocê yn dy ofal di,' meddai Dave. ''Im bwys be ddaw.'

'Be ti'n feddwl "be ddaw"?' holodd Eifion.

''Y mhresant i i chdi, ac i Fiona, ydi 'mod i'n dy neud di'n bartnar. Strêt lawr y canol.'

'Arglwydd!' ebychodd Eifion. Collodd ddiferion o'i beint yn ei sioc.

'Gei di alw fi'n Dave,' gwenodd Dave o'r diwedd. 'Wn i ella bo fi'n bod braidd yn fyrbwyll a chditha 'mond yn be w't ti, un ar hugian, ond ma isio edrach mlaen, a planio a petha.'

Tawelodd am eiliad, ac yn yr eiliad honno dechreuodd rhyw feddwl arall ymwthio i ben Eifion, ond chafodd o ddim cyfle i wreiddio.

'Ma'r garej yn neud celc bach go lew, fel wyt ti'n gwbod. Mi roith rw ddechra bach gwell i chdi a Fiona na fysa cyflog mecanic yn 'i neud.'

Nefoedd, gwnâi! Ni fedrai Eifion feddwl beth i'w ddweud.

Roedd y geiriau o ddiolch a ffurfiasai yn ei ben am godiad cyflog yn gwbwl annigonol rŵan. Tynnodd Dave i'w freichiau a'i wasgu, gan geisio peidio colli cwrw dros y siwt, a edrychai mor rhyfedd am gorpws llydan ei fòs.

'Dwi'm yn gwbod be i ddeud,' clywodd ei lais ei hun yn codi fel scêl biano.

''Misio chdi ddeud dim byd,' meddai Dave a'i daro ar ei gefn. ''Mond derbyn.'

Rhoddodd Eifion ei beint i lawr, cyn gwasgu Dave yn dynn eilwaith. Roedd dagrau yn ei lygaid, dagrau o ddiolch, ond daliai i fedru gweld Fiona'n gwenu i'w gyfeiriad drwy'r niwl.

'Mam, Dad,' aeth Eifion atyn nhw ar ôl i Dave droi 'nôl at yr hogiau eraill.

Gwnaeth yn siŵr fod Cefni a Gwen yn cael clywed hefyd, er iddo geisio cadw'i lais yn gymharol dawel rhag i hogiau'r garej glywed (roedd Dave am wneud cyhoeddiad amser paned y diwrnod y dôi Eifion yn ôl o'i fis mêl, felly rhaid oedd cadw'r gyfrinach). 'Ma gin i niws.'

Llusgodd ei rieni eu hunain oddi wrth y sgwrs am farddoniaeth, gan hanner disgwyl clywed bod Fiona'n disgwyl, tybiodd Eifion (mi oedd hi'n briodas braidd yn sydyn).

'Ma Dave yn 'y ngwneud i'n bartnar.'

Rhythodd ei rieni arno, yn dallt fawr ddim.

'Go dda chdi,' gwenodd Cefni. 'Andros o beth i rywun mor ifanc â chdi.'

'Be ma hynny'n 'i olygu?' holodd ei dad, heb ddim o gyffro Cefni yn ei lais.

'Dwi'n berchen hanner y garej,' meddai Eifion.

'Jyst fela?' Agorodd llygaid ei fam yn fawr. 'Ti'n siŵr bo chdi'n gwbod be ti'n neud?' O'i gyfieithu – 'Mi wyt ti'n siŵr o neud stomp o betha.'

'Faint w't ti'n goro'i roi i mewn yn y busnes?' holodd ei

dad a'i wyneb yn llawn arswyd, a chan yngan 'busnes' fel pe bai'n sôn yn hytrach am gi'n gwneud ei fusnes.

''Run geiniog,' meddai Eifion. 'Presant pr'odas gin Dave.' Dave a fu'n fwy o dad na fuoch chi i mi erioed, Mr Hughes, syr!

Rhythai ei dad arno fel llo, yn methu dirnad sut medrai neb fod yn gymaint o ffŵl â chyflwyno'r fath rodd i'w fab diwerth. (Neu a oedd ei dad, fel y byddai hogiau'r garej, siŵr o fod, yn gweld cymhelliad arall, llai tadol, mwy… be? – annaturiol – dros bresant Dave? Prifathrawon propor fel fo, yn rhwystredig bur o orfod byw efo'i fam – nhw oedd y moch butraf eu meddyliau o dan y croen.)

'Ma'n un o'r busnesa gora yn y lle 'ma,' meddai Eifion gan synnu – os synnu hefyd – at ddiffyg cyffro'i rieni. 'Mi fedar Fiona a fi fforddio tŷ mwy, ceir mwy a… pob dim. Fydd dim rhaid i ni stryglo.'

'Ma 'chydig bach o stryglo'n medru bod yn ddigon llesol,' mwmiodd ei fam.

Am y tro cyntaf yn ei fywyd, roedd o wedi cyrraedd rhywle, rhywle go iawn. Roedd o wedi llwyddo, wedi cyrraedd y gris uchaf ac yntau'n ddim ond un ar hugain, heb owns o help gan neb arall, heblaw Dave. Gallai gynnig celc bach i Cefni i'w helpu – rhôi hynny haen drwchus o fenyn ar frechdan Eifion.

'Go dda chdi,' meddai Cefni eto.

'Ia wir, go dda chdi,' ategodd Gwen, nad oedd Eifion prin wedi siarad gair â hi erioed.

'Ia,' meddai ei fam, yn fwy o gwestiwn na dim.

'Ma gan Cefni newyddion hefyd,' meddai ei dad. 'Mae o wedi'i ddewis i'r sêt fawr.'

Rhythodd Eifion ar ei dad, fel pe na bai'n deall ei eiriau.

''I neud yn flaenor,' eglurodd ei dad er mwyn cymell ymateb gan Eifion.

'Da 'de?' ychwanegodd ei fam i dorri ar y tawelwch, a mwy o sioncrwydd yn ei llais nag a fu drwy'r dydd.

'Ond 'di hynny'n ddim i'w gymharu â dy niws di, Eifs,' ceisiodd Cefni ysgafnu pethau.

'Reit. Sgiwsiwch fi 'ta,' meddai Eifion, heb geisio cuddio'r rhew yn ei lais. 'I mi ga'l deud wrth Fiona am y garej.'

'Dans!' gwaeddodd chwaer Fiona ar draws pob dim, gan afael yn llawes ei siwt. 'Dowch o 'na, chi'ch dau, first dance.'

Gafaelodd Eifion yn Fiona wrth i 'If You Don't Know Me By Now' Simply Red ddechrau udo o gyfeiriad y dec ar y llwyfan dawnsio. Gwasgodd ei wraig ato a cheisio'i orau glas i gau ei deulu o'i feddwl. Roedd Fiona'n chwerthin yn ei freichiau, wrth ei bodd yn cael bod yn destun sylw pawb. Meddalodd calon Eifion. Fo oedd y cyntaf i briodi; roedd o wedi llwyddo i newid Y Drefn am y tro cyntaf yn ei fywyd. Ni châi neb na dim dynnu hynny oddi wrtho heddiw, ar ddiwrnod ei briodas.

Gwelodd Derek-Foel yn arwain chwaer Fiona at y llawr dawnsio a'i gwisg morwyn briodas *peachy-pink* yn sgubo'r llawr. Gwnaeth ymdrech lew i'w atal ei hun rhag gadael Fiona a mynd draw i ddweud wrth Derek yn y fan a'r lle fod Dave wedi'i wneud o'n bartner. Cofiodd mai ei wraig ddylai gael gwybod gyntaf.

Gwasgodd Eifion hi'n dynn a phlygu ei ben i'w gwallt er mwyn sibrwd yn ei chlust.

9

Darne bach o ede'n ysgwyd

'DERE!' ROEDD DEWI'N tynnu ar lawes ei siaced.

'I le?'

'Lan i ben mynydd. Y Glyder. Neu'r Wyddfa. Fydd neb lan 'na nawr.'

Roedd Dewi wedi dechrau camu oddi wrtho.

'Ma 'i'n bump o'r gloch y bora. Ti'n gall?'

Ond roedd Eifion yn ei ddilyn er ei waethaf, yn cadw efo fo, a'r ddau'n cerdded i ochr Bangor o'r bont.

'O't ti ar fin neido dros ochor Pont Menai, a ti'n gofyn i fi os 'wy'n gall. Beth yw'r ots? Os cwmpi di dros ochor Cwm Hetie, byddi di farw yr un mor glou.'

Brasgamodd Dewi yn ei flaen dros y bont ac Eifion wrth ei sodlau. Clywodd Eifion sŵn car y tu ôl iddo'n gadael yr ynys a gweddïodd nad yr heddlu oedd ar eu ffordd yn ôl. Pasiodd fan wen y ddau, heb fusnesa. Troellai pen Eifion, y wisgi unwaith eto'n gwneud ei waith, ac yntau bellach wedi meddwl ei fod wedi yfed ei hun yn sobor. Roedd o'n simsanu rŵan, yn methu ffurfio geiriau yn ei ben fel y gallai wrthod mynd i mewn i gar yr idiot yn y gôt law a ysgubai dros y bont o'i flaen. Ond efallai fod Dewi yn llygad ei le, efallai mai o ben mynydd, nid o ben pont, roedd o i fod i gyrraedd ei ddiwedd. Twll du ydi twll du, waeth lle mae rhywun yn sefyll.

Gwelodd y car wedi'i barcio ar ochr y ffordd wrth y dafarn ar ben arall y bont. Croc o beth, hen Gapri llychlyd, a golwg wedi hen farw arno. Agorodd Dewi ddrws y dreifar – doedd o ddim wedi'i gloi – ac amneidio ar Eifion i fynd i mewn drwy'r drws arall. Ufuddhaodd Eifion heb wybod pam.

'Croc,' meddai wrth gamu i mewn.

'Da'th e â fi lan o'r De,' meddai Dewi. 'Paid â'i bechu fe.'

Pesychodd y car ei hun yn effro, a Dewi'n patio'r dashbord gan ganmol yr injan a sibrwd geiriau anogol i'w chymell. Sut roedd y fath gar yn cael rhyddid i fod ar y ffordd, meddyliodd Eifion. Tu hwnt i achubiaeth unrhyw garej. Tasa Dewi'n dod ag o i'r garej i geisio'i werthu, mi fysa Eifion wedi chwerthin yn ei wyneb. Yna, cofiodd ei fod o ar fin colli'r garej.

'Dy frawd,' meddai Dewi ar ôl gyrru am funud neu ddwy mewn tawelwch. 'So fe'n galler dy helpu di?'

'Nag 'di,' brathodd Eifion. Doedd o ddim yn cofio'i fod o wedi sôn wrth hwn am Cefni. Roedd niwl wedi disgyn dros lawer o'r oriau diwethaf bellach.

'Lwgi di ddim,' daliodd Dewi ati. 'Do's neb yn gorfod llwgu'r dyddie 'ma. Ac yn y pen draw, 'na i gyd sy'n bwysig, on' taw e?'

'Sut ti'n gwbod na wna i lwgu?' holodd Eifion.

'So nhw'n gadel i ti lwgu. Yr awdurdode. Fe newn nhw'n siŵr bod 'da ti fwyd yn dy fola. A galli di fyw heb bopeth heblaw am fwyd yn dy fola.' Newidiodd Dewi'r gêr gan fygwth deffro pawb yn yr ardal â sŵn crafu byddarol.

'Fedar Fiona ddim,' meddai Eifion yn ddiflas. Ond roedd rhywun arall yn edrych ar ôl Fiona. Roedd ganddi hi ei hymgymerwr i ymgymryd â'i holl anghenion hi.

'Wyt ti 'di gofyn i dy frawd am help?' Daliai Dewi ati fel ci efo asgwrn.

''Sa well gen i lwgu na mynd ar ofyn Cefni,' cyfarthodd Eifion i roi stop ar yr holi.

'Llynca dy falchder, y pryfyn bach,' meddai Dewi heb godi ei lais.

'Yli, ma Cefni'n cael, ma Cefni'n gwneud, ma Cefni'n dringo'r ysgol. Dyna'r Drefn.' Roedd llais Eifion wedi codi. 'Felly bu hi ac felly mae hi. Cefni gafodd bob dim, a fi o'dd yr un gafodd fawr o ddim. A be ges i, gollis i fo. Dyna Drefn y Bod Mawr.'

'Duw,' meddai Dewi'n dawel. ''Na ti wedi dachre rhwbeth nawr.'

'Dwi'm yn dechra dim byd.' Trodd Eifion ei ysgwyddau rhagddo i edrych drwy'r ffenest ar y tywyllwch yn gwibio heibio.

'Darne bach o ede'n ysgwyd.'

'Be...?'

'Darne bach o ede, yn creu pob peth, yn ffurfio'r cyfan oll i gyd, yn ysgwyd drwy'i gilydd. Delirium tremens y bydysawd. Dyna yw duw, onid e? Proest, ond eitha da. Sdim isie duw yn y mawr, mawr na'r bach, bach.'

Mor fach â phidlan Derek-Foel, y cont, meddyliodd Eifion. ('Ma hi'n fach,' cydnabu yn gwd i gyd a heb arlliw o embaras wrth aildronsio'i bidlan yn nhoilets 'rysgol fawr, 'ond ma hi'n gwbod be ma hi'n neud.')

'Do's dim angen duw,' mwmiodd Dewi.

Cefni oedd y dyn capel, Cefni oedd y sant. Rheswm diemosiwn, cofiodd Cefni'n dweud unwaith, aiff o ddim â chdi i nunlla ond i berfedd cyfrifiadur. Mae'r byd yn llawn o emosiwn i drechu rhesymeg oer. A'r un peth aeth drwy feddwl Eifion y tro hwnnw hefyd – be dwi'n neud fan hyn yn malu cachu efo hwn?

'Ond beth sy'n ddoniol yw dy fod ti'n dragwyddol, Eifion bach. Ti'n mynd i fyw am byth. Neu'n hytrach, ma dy atome di'n mynd i fyw am byth,' cywirodd Dewi ei hun.

'Cyn bellad â bod 'yn atoma i ddim yn mynd i oro talu'r bilia, fedra i fyw hefo hynny,' mwmiodd Eifion.

'Ti wedi bennu meddwl am farw 'te,' saethodd Dewi ato i'w fachu.

Ochneidiodd Eifion yn hir, wrth orfod cydnabod iddo'i hun, yn fwy nag wrth hwn, na fyddai'n lladd ei hun heddiw.

'Ma 'mrên i'n byrstio,' cwynodd Eifion. A chyn i Dewi gael cyfle i agor ei geg drachefn, ychwanegodd: 'Duda 'tha fi am Ffran.'

Syllodd Dewi arno, fel pe bai wedi delwi. Ofnai Eifion y byddai'n crasio'r car pe na bai'n troi ei ben yn ôl i edrych drwy'r ffenest flaen.

'Sori,' meddai Eifion wedyn wrth weld iddo daro nerf yn sôn am Ffran. 'Ond ti soniodd amdani, ar y bont.'

'O'dd Ffran a fi'n ffrindie.'

Trodd Dewi ei olwg yn ôl at y ffordd a methodd Eifion guddio ochenaid o ryddhad.

'Slawer dydd. Ma 'i 'di mynd nawr. Paid â siarad am Ffran.'

'Ti'n mynnu siarad amdana i. Pam sgin ti'm byd i ddeud amdana chdi dy hun? Ti'n llawn o bob dim arall.'

'O'n i'n cerdded ar y bont, 'chan,' meddai Dewi'n dawel. 'O't ti'n sefyll arni, yn mynnu neido bant. Dy stori di yw hi, weden i.'

Syllodd Eifion ar ffurf y mynyddoedd yn ymddangos drwy ffenest y car.

'Y peth 'da hapusrwydd yw bod e'n acto fel gronynne'r atom,' meddai Dewi. 'Yr eiliad ti'n dachre whilo amdano fe, a meddwl bo ti wedi'i weld e, ma fe'n diflannu.'

Edrychai'r mynyddoedd fwyfwy fel angenfilod yn lled dywyllwch yr awr cyn iddi wawrio, nes codi ofn ar Eifion. Hedfan dros Gwm Hetia…

'Dos â fi adra,' meddai'n ddistaw.

10

Cael gormod maen nhw, yn de?

Ei fam oedd wedi mynnu eu bod nhw'n mynd atyn nhw am ginio Dolig. Byddai Cefni'n gofalu mynd â'i deulu yno bob dydd Dolig yn ddeddfol. Hen bryd i Eifion ddod hefyd, meddai ei fam, i bawb gael bod efo'i gilydd. Dyna'r peth olaf roedd Eifion eisiau ei wneud, ond rhwng angladd Dave ddeuddydd cyn yr ŵyl a straen y busnes, roedd wedi methu mwstro'r egni na'r esgusodion i'w gwrthod. Roedd o'n amau mai dyna'r lle olaf roedd Fiona am dreulio'i diwrnod Dolig hefyd, er nad oedd hi wedi yngan gair o gŵyn. Efallai ei bod hi'n gweld cyfle i ddallu ei theulu yng nghyfraith â'i jiwyls newydd sbon dan y goeden, yn ogystal â dangos ei thrwyn newydd. Sythaf yn y byd oedd ei thrwyn hi, mwyaf o fachyn oedd i drwyn Gwen. Fyddai Fiona ddim wedi sôn gair, ond roedd Eifion yn gorfod gwneud.

'Ti'm isio sbrowts?' gofynnodd Fiona iddo wrth y bwrdd.

'Cadw dy drwyn allan o 'nghinio i,' meddai Eifion wrthi'n ysgafn. 'Mi gostiodd hwnna'n ddrud i mi.'

Chwerthin wnaeth Cefni a Gwen, a rhythu'n ddiddeall wnaeth ei dad a'i fam. Doedd yr un o'r ddau wedi sylwi ar unrhyw newid yn nhrwyn Fiona – byddai sylwi wedi golygu edrych arni'n ddigon hir i ddarganfod gwahaniaeth rhwng siâp yr hen drwyn a siâp yr un newydd.

Cododd pawb oddi wrth y bwrdd gan adael Taid i orffen hel ei fol ar ei ben ei hun. Y consensws oedd gadael y pwdin tan de gan mor llawn oedd pawb. Cymerodd Nain ei hwyres Brengain Cefni ar ei glin a dechrau canu 'Pedoli, pedoli, pedoli pe-dinc' iddi tra cribai Dwynwen wallt y My Little Pony a gawsai yn ei hosan y bore hwnnw.

'Cael gormod maen nhw, yn de,' torrodd Nain ar draws ei hwiangerdd ei hun gan edrych ar Dwynwen yn cribo gwallt anrheg Siôn Corn.

Ond doedd dim tarfu ar foddhad y Dolig i fod, roedd Eifion wedi penderfynu hynny cyn dod. Roedd y cinio wedi bod yn llwyddiant, heb sterics plant – nac oedolion chwaith – i fennu arno. Teulu bach hapus, diddos, meddyliodd Eifion, cyn cywiro'i hun: teulu mawr hapus.

Roedd dyfodiad Deio, yr ŵyr cyntaf-anedig, wedi plesio Eifion yn ofnadwy pan ddigwyddodd, braidd yn fuan, flwyddyn ar ôl iddyn nhw briodi. Braidd yn fuan i Fiona hefyd, ond roedd hi'n fwy na bodlon ffeirio rhyw fymryn o staen chwd babi ar ddilledyn mwy sbesial na'i gilydd er mwyn gallu rhoi'r gorau i godi i fynd i'w gwaith. Gwraig y bòs oedd hi bellach, a chadwai ryw ychydig o jangyls – a chiniawau i'w harddangos rŵan ac yn y man – hi'n hapus i aros gartref yn ei dillad label yn magu'r bych yn ei Baby Gap. Ni wnaeth dyfodiad Rheinallt Cefni i Cefni a Gwen y flwyddyn wedyn darfu'n aruthrol ar Eifion chwaith, er gwaetha'r gymhariaeth gyson rhwng y ddau fabi oddi ar wefusau ei fam: 'Mae o'n cerddad yn fuan am 'i oed, ydi o ddim? Mi oedd Deio'n hŷn yn dechra.' Doedd dim rhaid i Eifion ddioddef: gallai hel esgusodion am bwysau gwaith rhag gorfod galw'n rhy aml yn nhŷ ei rieni, ac roedd Cefni a'i deulu yn byw yn ddigon pell bellach, ac yntau'n ddirprwy brifathro ar ysgol uwchradd, ac yn gynghorydd – digon i'w gadw'n brysur.

Pan ddaeth Dwynwen ddwy flynedd yn ddiweddarach, bu'r taid a'r nain yn ddigon graslon i gogio ymfalchïo yn nyfodiad eu hwyres fach gyntaf. A Brengain Cefni wedyn (hogan arall, wrth gwrs – ni châi Cefni gam) yn ddigon ifanc i'r gymhariaeth rhyngddi a Dwynwen beidio tarfu llawer ar Eifion. Roedd hi'n bosib cadw o'u ffordd fwyfwy wrth iddo ymdaflu gorff ac enaid i redeg y garej.

'Iawn, 'mach i?' gwasgodd Eifion Fiona ato'n dynn i'w goflaid, a'i theimlo'n sythu yn erbyn ei ofal annodweddiadol o flaen ei rieni a'i frawd.

Gollyngodd Eifion hi'n rhydd i fynd i helpu Gwen i gario llestri at y sinc. Edrychodd ar Nain a'r merched o bobtu'r lle tân, a'r hogiau'n ddwfn mewn gêm ar Playstation Deio. Roedd Cefni wedi gafael yn ei wydr gwin oddi ar y bwrdd ac yn edrych o'i gwmpas am le i eistedd. Dyma'i gyfle, meddyliodd Eifion. Câi air ag o yn yr ardd dros wydraid gwaraidd o win. Cyn iddo agor ei geg, daliodd lygaid Fiona arno. Roedd hi wedi'i rybuddio i 'beidio mela' cyn gadael y tŷ, wedi'i glywed o'n mynd drwy'i bethau am y garej hyd at syrffed ers misoedd, dros waeledd Dave ac wedi ei farwolaeth. Siarad â fo'i hun a wnâi yn fwy nag â Fiona, cynllunio dyfodol y garej a'i fwriad i ofyn i Cefni gael gair ag ambell un o'i gyd-gynghorwyr i hwyluso taith y cais cynllunio roedd o'n bwriadu ei gyflwyno er mwyn gallu dyblu maint y garej, yn union fel y bu'n freuddwyd gan Dave ei wneud cyn i'r cansar bylu ei uchelgais.

'Ei, Cefs, ga i air?' Gwenodd ar ei frawd.

'Be t'isio?' holodd ei fam. 'Rhaid bo ti isio rwbath. Fydda chdi byth yn galw Cefni yn Cefs yn hogyn bach heblaw bo chdi isio rwbath.'

Anelodd Eifion wyneb suro llaeth ati wrth i'r lleill chwerthin, neb yn uwch na Fiona – y bradwr â hi.

Tro ei dad oedd hi wedyn i daro'r hoelen ar ei phen, gan wneud i Eifion ferwi tu mewn. 'Isio clust y cynghorydd mae o.'

Gwenodd Fiona yn slei ar Eifion. Bwlsei, Mr Hughes, syr!

'Ddim o gwbwl,' meddai Eifion – a gwybod yr un pryd y byddai'n gorfod dinoethi ei gelwydd drwy wneud yr union beth yr oedd ei dad wedi'i ddweud pan gâi lonydd yn y diwedd i siarad efo Cefni ar ei ben ei hun. Damiodd ei hun am beidio â phwyllo ac aros am gyfle gwell yn lle dangos gwendid i'w rieni.

'Sgynnon ni'm isio trafod busnes dwrnod Dolig,' deddfodd ei fam yn swta. 'Dwrnod ysbrydol 'di Dolig,' ychwanegodd o ganol ei *fairy lights* a'i thwrci a'i *baubles* a'i phapur lapio a'i *chocolate log* a'i thrimins a'i chardiau – y bitsh.

Yr hyn a'i gwylltiai lawn cymaint ag ymateb ei fam oedd y ffaith fod Fiona'n gwybod yn iawn mai'r unig reswm y daeth o yno yn y bôn oedd er mwyn cael gair yng nghlust Cefni. Unig bwrpas ei ymweliad, holl dynfa'r diwrnod oedd y cyfle i rannu ei weledigaeth ynghylch y garej efo Cefni, a chael ei gefnogaeth. Roedd ffonio'i frawd yn ymddangos yn weithred rhy fwriadus, yn rhy debyg i ofyn am help. Trafod roedd o eisiau, siarad yn ysgafn, fel pe na bai arno eisiau help o fath yn y byd.

Ei fam a Fiona – na wnaethai bron ddim â'i fam erioed – yn yr un cwch yn ei erbyn. Hi! Fiona, oedd heb wneud dim erioed ond cnoi'r gwellt o'i law, fel caseg ar ei chythlwng, wedi cymryd pob dim oedd ganddo i'w roi. Wedi gwisgo pob tlws, pob dilledyn *designer* – unwaith neu ddwy – cyn troi i chwilio am ragor ganddo.

Oedd, roedd hwyliau gwael arno ers iddo golli Dave, ond pa syndod? Roedd o wedi colli partner, mentor, ffrind, bugail, tad. Edrychodd ar ei dad ei hun yn gloddesta'n fi-falch ar ei dwrci. Tad Cefni oedd o, y prifathro a fagodd un a ddôi'n brifathro o fewn blwyddyn neu ddwy, cyn sicred â bod yr haul yn codi yn y dwyrain.

'Mynd nath yr hen Dave 'ta?' meddai ei dad, fel pe bai o am ychwanegu 'mynd a dy adael di'.

Roedd clywed ei dad yn siarad am Dave yn ei wylltio, er na fentrodd ddangos hynny. Prin roedd o wedi yngan gair amdano wrth Eifion erioed cyn hynny – roedd o ymhell islaw sylw, siŵr dduw, ac yntau'n ddim ond perchennog garej! Roedd i'w dad droi ei dafod am ei enw yn saethu hen ach dros groen Eifion, a'i ynganu'n deifio'r hyn a fu Dave, yn llychwino'r bartneriaeth glòs a fu rhyngddyn nhw. Dave, yr hyn na fu hwn erioed.

Ar lan y bedd, roedd Fiona wedi taflu rhosyn ar yr arch – wedi i Derek-Foel ei estyn iddi wrth gatiau'r fynwent. Gwrthod rhosyn wnaeth Eifion. Doedd gan Dave ddim i'w ddweud wrth flodau. *Brake pads* ac *exhausts*, weipars, petrol a diesel oedd ei bethau fo. Go brin y medrai Eifion daflu sbaner at gaead yr arch.

'Diolch,' yn unig a anelodd at yr arch felly. Ond roedd dagrau ar y diolch erbyn iddo'i dywallt o'i galon.

Safai Derek-Foel yn syth fel postyn a'i ddwylo ymhleth, ddau gam y tu ôl i'r ficer, yn gwisgo'i wyneb angladd. ('Priti fei-cynt!' cofiai Eifion o'n udo ar y bŷs i Fangor a llun Sid Vicious yn sticio dau fys ar y byd ar flaen ei grys-T.) Roedd ei siwt yn berffaith ddu a'r plygiadau'n berffaith yn eu lle, ei wyneb yn berffaith barchus gyferbyn â'r angau oedd yn fara beunyddiol digon llewyrchus wir iddo.

Derek-Foel, nid tad Derek-Foel, a ddaethai i'r tŷ wythnos ynghynt i drafod manylion y cynhebrwng ag Eifion. Yn ei siwt oedd o'r diwrnod hwnnw hefyd, ond doedd o ddim eto wedi gwisgo'i ystumiau angladdol. Câi ei wyneb a'i osgo aros tan hynny. Ni wyddai'n iawn lle i bitsio'i ymarweddiad – beth oedd Eifion beth bynnag ond cyd-weithiwr i'r ymadawedig, partner busnes? Nid teulu.

'Sut w't ti, boi, erstalwm?' Llenwai ei lais y tŷ. Darllenodd y llinellau coch yn llygaid Eifion, a deall bod busnes yn fwy cymhleth i rai na'i gilydd. Ond gallai addasu'n hawdd yn ôl galw'r farchnad.

'Bechod 'de,' meddai, yn ddwys yn sydyn reit.

'Ia,' meddai Eifion.

Roedd Fiona wedi dod i mewn yn ei chôt nos i gynnig paned iddo, a Derek-Foel yn dilyn troadau ei chorff drwy'r sidan.

'Sgiwsia fi, heb gael tsians i wisgo eto,' meddai Fiona'n ddidaro, er bod ei gwallt, heb flewyn o'i le, yn awgrymu iddi gael digon o gyfle.

'Y gora sgin ti,' meddai Eifion yn swta i dynnu llygaid Derek oddi ar gorff ei wraig. 'Dim ond y gora i Dave.'

Llusgodd Eifion ei feddyliau yn ôl i'r presennol.

'Be am drio'r beics, hogia?' holodd Cefni yn llawn o hwyl y Dolig.

Ai dyma ffordd Cefni o'i gael o allan i'r cefn, ynteu a oedd o'n ufuddhau i orchymyn ei fam i beidio â mentro siarad busnes, ac yn newid y pwnc gan ddefnyddio'r ddau fachgen i'w bwrpas?

'Dwi ddim yn siŵr faint o siâp sy ar Deio eto,' meddai Fiona.

'Siŵr dduw bod o'n medru,' chwyrnodd Eifion, cyn codi'n frwd i ddilyn Cefni allan i'r ardd. Doedd Deio ddim am adael ei Playstation, ond tynnodd Eifion o i gyfeiriad y drws cefn a'r ardd, lle roedd Rheinallt Cefni eisoes ar dân eisiau rhoi trei ar y beic bach coch a gawsai gan Nain a Taid.

'Dwi'm isio,' cwynodd Deio wrth wynebu'r beic bach glas a gawsai yntau ganddyn nhw. 'Dwi'm yn medru.'

'Pwy glywodd am hogyn saith oed 'im yn medru reidio beic?' gwawdiodd Eifion. 'Ty'd. Gawn ni ras. Chdi a Rheinallt.'

Plygodd at glust Deio. 'Ac os 'nei di ennill, mi bryna i gêm Playstation arall i ti. Ty'd 'ŵan,' sibrydodd wedyn yn fwy diamynedd. 'Ti'n hŷn na fo, mi 'nei di'n iawn.'

Roedd Cefni wrthi'n sadio cefn beic Rheinallt. Gafaelodd Eifion yn y beic glas a'i ddal i Deio fynd ar ei gefn. Edrychodd Deio'n lloaidd arno, fel pe na bai erioed wedi gweld beic o'r blaen. Wel ty'd, hogyn, meddai llygaid ei dad. Gwelodd Eifion Rheinallt yn llwyddo i roi dau dro i'r pedalau cyn rhoi ei droed ar y ddaear yn ei hôl, a chlywodd Cefni'n annog a chanmol. Gallai Deio wneud yn well.

Stryffagliodd Deio i ben y beic, a bachu'r *handlebars* fel gefel.

'Dos!' gorchmynnodd Eifion, a gollwng y beic.

Rhoddodd Deio ei droed ar lawr yn syth, wedi methu troi'r pedal mewn pryd.

'Be sy matar? Jest rho dy droed ar y pedal a gwasga.'

Gwelodd Eifion Rheinallt drwy gornel ei lygad yn pedalu deirgwaith cyn dod i stop. Daliodd gefn beic Deio a'i orchymyn i roi ei droed ar y pedal. Gwasgodd Deio, gwthiodd Eifion, a gollwng. Llithrodd troed Deio oddi ar y pedal. Safai â'i ddwy goes o bobtu'r beic, heb wybod beth i'w wneud nesaf.

'Dad, dwi'm yn…' dechreuodd.

'Wyt siŵr,' torrodd Eifion ar ei draws. 'Tria eto, ty'd!' hanner cyfarthodd.

Tynnodd Deio'r beic yn ôl rhwng ei goesau at gornel y lawnt. Anadlai'n ddwfn, yn llawn arswyd.

''Dio'm byd i fod ag ofn,' meddai ei dad gan drio'i orau i swnio'r un mor ddigyffro â Cefni. Tu mewn i'w ben, roedd y cerydd yn pwyo fel gordd: ti'n hŷn na fo, ti'n hŷn na fo…

Cododd Deio'i droed dde a thynnu'r pedal mor uchel ag yr âi cyn gwasgu i lawr eto, ond lwyddodd o ddim i wasgu a chodi ei goes chwith yr un pryd. Stopiodd cyn gallu cychwyn.

Teimlai Eifion y myll yn codi o'i frest – be uffarn oedd yn bod ar ei fab? Roedd Rheinallt wedi llwyddo i gyrraedd pen draw'r lawnt, a gwyddai Eifion yn iawn fod Cefni'n gwneud ei orau glas i'w ganmol heb i'w lais gario at glustiau Deio, y ffycin sant.

'Reidia fo'r prat bach,' tasgodd Eifion dan ei wynt, gan sodro'i law ar gefn y sedd i geisio cael Deio i godi ei goes, gwasgu'r pedal a mynd.

Rhythai Fiona arno, wedi clywed y dymer yn gwasgu drwy ei lais o ddrws y patio. Methodd Deio ddal rhag torri allan i grio, gan wneud i Eifion wylltio'n waeth tu mewn. Y babi clwt ag o...

'Cau dy geg a reidia!' poerodd drwy ei ddannedd, gan deimlo'i ben yn bygwth byrstio.

Roedd Cefni wedi troi ar ben arall y lawnt, gan ddeall bod yna rywbeth llawer mwy ar y gweill gan Eifion nag a ddychmygodd erioed.

'Eifs...' camodd tuag ato. ''Dio'm ots...'

'*Mae* o ots!'

Doedd Eifion ddim yn gallu cuddio'r cochni yn ei fochau. Roedd hi'n rhy hwyr i hynny bellach. Gwyddai ei fod yn actio rêl cont, ond fedrai o ddim stopio'i hun.

'Be sy'n digwydd fan hyn 'ta?' galwodd ei dad o'r drws cyn gweld y gynddaredd ar wyneb Eifion.

Roedd Deio'n beichio crio a'i fam yn ceisio'i dynnu oddi ar y beic. Rhwystrodd Eifion hi, gan wasgu ysgwyddau Deio mewn ymdrech i'w gael i eistedd yn ôl ar y sedd.

'Fedar o neud o.'

Roedd llygaid Fiona'n llawn ofn bellach, a Cefni'n ceisio'i orau i ddweud yn gynnil wrth Rheinallt am roi'r gorau i reidio'i feic rownd y lawnt. Estynnai breichiau Deio am ei fam, ac Eifion yn ceisio'u gwthio'n ôl ar yr *handlebars*.

'Be sy? Methu reidio mae o?' gofynnodd ei daid yn ddiddeall. 'Mi ddaw, gad lonydd i'r hogyn,' ceryddodd ei fab yn ysgafn.

Pwniai llais Rheinallt yn wî-î-îo'i ffordd rownd yr ardd drwy ben Eifion, a thorrai erfyn tyner Cefni ar ei fab i ddod i'r tŷ yn hogyn-da dwll drwy ei ymennydd.

Yna, llaciodd Eifion ei afael ar y beic a disgynnodd hwnnw ar lawr a Deio oddi tano. Gafaelodd Fiona yn yr hogyn yn ei breichiau a'i ddal at ei bron, ac yntau'n beichio crio. Daeth Rheinallt oddi ar ei feic, wedi gwrando o'r diwedd, er nad oedd o'n deall dim, a gafael yn llaw ei dad i gael ei arwain yn ufudd i'r tŷ. Rhoddodd Cefni ei law ar ysgwydd ei dad yntau yn y drws a'i gyfeirio i mewn.

'Bastard!' saethodd Fiona at Eifion ar ôl cael eu cefnau.

Daliai yntau i rythu. Be oedd o wedi'i ollwng yn rhydd ohono fo'i hun? Be oedd yn dal ar ôl heb ei ollwng? Anadlai'n drwm, yn methu cael gwared ar y diflastod ingol yng ngwaelod ei fol – y difaru, y galaru ar ôl Dave fel colli tad, y waedd wrth ei weld ei hun yn gwthio Deio i ffwrdd. Teimlai fel chwydu.

''Dan ni'n mynd adra,' taranodd Fiona. 'O ffor.' Cododd, gan godi Deio efo hi. 'Adra.'

Syllodd Eifion ar ei chefn gwargrwm yn camu i'r tŷ, a'i braich am ei mab. Yna dilynodd hi i'r siarad ffug, gorlawen yn y tŷ y ceisiodd Cefni a Gwen ei greu am bopeth ond beics, tra oedd Fiona'n rhuthro o un ystafell i'r llall yn hel pethau'r plant ati. Aeth Eifion i fyny'r grisiau. Golchodd ei wyneb dan y tap i geisio'i reoli ei hun. Doedd o ddim yn gwybod pryd i stopio, dyna'i ddrwg, ac roedd cilagor y drws yn ddigon i ryddhau'r afon o wenwyn a oedd wedi cronni y tu mewn iddo.

Caeodd y tap a drws yr ystafell ymolchi y tu ôl iddo a chael ei dynnu i mewn i'r llofft sbâr, hen lofft Cefni. Agorodd ddrws y cwpwrdd lle gwyddai fod garej Cefni'n eistedd yn falch ar y silff. Tynnodd hi ato. Byseddodd y bwlch lle safai'r Porsche bach coch gynt. Roedd ei galon yn disgyn trwy dwll diwaelod, a'i ddagrau ar ôl Dave yn golchi toeau'r ceir. Cofiodd am ddiwrnod Aberdaron, am y Porsche, am yr hufen iâ yn llaw Cefni'n cael ei estyn ato, am flas yr hufen iâ a gawsai wedyn, a gwyddai ei fod wedi sbwylio diwrnod Dolig iddo fo'i hun a phawb arall, yn union fel roedd o wedi sbwylio diwrnod Aberdaron.

11

Lwmp o gachu yn y stydi

ROEDD HI'N GYTHREULIG o oer yn y car, ond cysurodd Eifion ei hun y câi gau'r drws ar y dyn oedd yn ei yrru ymhen dim ond tair milltir – y dyn a oedd hefyd yn bygwth ei yrru off y rêls...

'Ma Deio siŵr o fod yn rhostio ar draeth yn rhwla,' meddai wrtho'i hun yn fwy nag wrth Dewi.

'Dy fab di?' holodd Dewi.

'Ia,' meddai Eifion yn araf. 'Os medri di alw fo'n hynny. Fuodd o na Dwynwen fawr o blant i mi. Na finna fawr o dad,' ychwanegodd. 'Byth adra. A pan o'n i yna, fysan nhw ddim ond yn mynd ar 'yn nerfa fi. Swnian. Ffraeo efo'i gilydd. Ffraeo efo ni. Rhw le fel yna ydi'n tŷ ni...'

Yna, ar ôl saib, 'Oedd tŷ ni,' cywirodd Eifion ei hun. ''Y niodda i oeddan nhw. Gwitsiad tan 'u bod nhw'n ddigon hen i ger'ad drw'r drws.'

'Plant,' meddai Dewi.

'Ia,' meddai Eifion. 'Ddim gwahanol i ni'n hunain, 'taen nhw ddim ond yn dallt.'

Cael popeth. Gwersi drymiau, piano, bale, marchogaeth, nofio, tennis, pêl-droed – ac i be? Buddsoddi yn eu dyfodol nhw, meddai Fiona, ond lle ar wyneb y ddaear oedd yr elw ar y buddsoddiad? Doedd Dwynwen na Deio ddim wedi creu unrhyw fantais na lles o'r gwersi diddiwedd, y tacsïo diderfyn o un wers i'r llall – er mai Fiona oedd gyrrwr y tacsi, nid fo. Hi gâi glywed, hi gâi'r storis, ar y ffordd rhwng un lle a'r llall. Oedd hi eisiau clywed? Oedd hi'n gofyn? Wyddai Eifion ddim byd heblaw mai fo oedd yn talu. Chwysu'i enaid yn y garej – i be? I yrru Deio i bymio'i ffordd i ben draw'r byd, a Dwynwen i fflat y llysywen o gariad roedd hi wedi'i fachu fel tasa hi'n bachu ar frigyn rhag boddi yn llif llofruddiol ei theulu.

'Gair o ddiolch, 'na'r oll o'n i isio.'

A'r cyfan gafodd o, unwaith y croesodd y ddau'r ffin rhwng bod ag ofn eu rhieni a'u gweld fel methiannau truenus, oedd rhegfeydd. 'Lle ma'n ffycin sgidia fi?' 'Ti 'di cuddiad 'yn jîns i'r bitsh!' 'Ffyc off, Dad.' 'Dwi isio ffycin pres.' 'Cau dy geg, y gont!' 'Ladda i di.' Hyn oll gan redeg y tap ffwl sbid o'i waled.

'Bastard,' alwodd Dwynwen o y diwrnod o'r blaen, rêl merch 'i mam, pan ddywedodd o wrthi ei fod o'n stopio'r cerdyn banc. Fedrodd o ddim dweud wrthi mai'r banc ei hun oedd wedi mynnu ei stopio, ond mi wnaeth awgrymu bod pres yn dynn. Mi fysa wedi bod yn rheitiach iddo geisio'i dysgu am ffiseg drydanol neu berfedd injan ddim: doedd hi ddim yn deall, yn methu dirnad y cysyniad o 'pres yn dynn'. Roedd Fiona'n nadu wrth i Dwynwen gau'r drws arnyn nhw a diflannu i freichiau'r cariad yn y fflat – am ba hyd y byddai hwnnw'n trwyna o gylch ei ferch ddi-gerdyn-banc tybed? Poen fwyaf Fiona oedd y dôi pawb i wybod bod eu merch un ar bymtheg oed, a oedd wedi cael pob braint oedd gan arian i'w chynnig, yn cyd-fyw â Goth di-waith mewn *love nest* ym Mangor. Be fysa pobol yn ddeud? Dyna, gwyddai Eifion, oedd gwir achos y nadu.

'Fedra i'm deud wrthyn nhw bod y cwbwl wedi mynd,' meddai Eifion cyn gallu ei atal ei hun. Cododd panig yn ei frest unwaith eto, ar ôl bod yn cysgu ers oriau o dan effaith y wisgi. 'Fedra i ddim!'

'Wrth dy deulu?' holodd Dewi. 'So nhw'n gwbod?'

'Ma Fiona'n ama erstalwm,' cyfaddefodd Eifion. 'Ond 'mod i'n gwadu.'

Cofiai Fiona'n ei holi'n dwll, yn methu cadw ei cheg ar gau

rhag gofyn, a fynta'n dweud wrthi am gau ei cheg ac y byddai pob dim yn iawn. Roedd o wedi'i dal hi yn y stydi wedyn yn mynd drwy ei gyfrifon o, fatha tasa hi'n eu dallt. Roedd o wedi gafael ynddi fatha tasa'i fywyd o, eu bywydau nhw i gyd, yn dibynnu ar hynny, cyn ei lluchio o'r ystafell a'i gwahardd rhag dod yn agos byth eto, rhag stwffio'i thrwyn gwerth miloedd yn ei fusnes o. Ei fusnes O.

Fel Dwynwen a Deio, doedd Fiona erioed wedi diolch iddo am ddim. Dim ond cymryd. I be oedd Fiona eisiau gwybod, beth bynnag? Faint haws fyddai hi o wybod? Ffaith bywyd oedd llif diatal pres iddi – rhywbeth i'w gymryd yn ganiataol, fel yr haul yn codi yn y bore.

'Ma rhaid bo nhw'n gwbod,' mynnodd Dewi.

'Mi fydd y derbynwyr yn cymyd y garej wsnos nesa, ac ma'r tŷ, y ceir a bob dim arall eisoes, neu ar fin bod, ym mherchnogaeth y banc,' meddai Eifion, gan deimlo fel cadach sychu llawr.

Doedd gan Dewi ddim syniad pa mor ofalus fu o i warchod ei deulu rhag y gwir. On'd oedd o wedi gwarchod ei weithwyr oll yn yr un modd? Roedd Marian yn gweithio am y pared ag o, wedi clywed ei lais o'n gweiddi i'r ffôn, ond doedd o ddim wedi'i dadrithio hi â'r gwir. Fo oedd yr *head honcho*, fo oedd yn ysgwyddo'r cyfrifoldeb.

Ond roedd Fiona wedi amau, a ffin denau sydd rhwng amau a gwybod. Dyna pam roedd hi wedi neidio, wedi llamu o'i afael o at blydi Derek-Foel. Roedd hi wedi gweld o bell y dydd yn dod, ac wedi ffoi rhagddo. Ddim cweit, chwaith, o na, roedd gormod o *gadgets* a thrysorau yn dal i'w gwasgu o'r sbwng oedd yn weddill o'i gŵr yn gyntaf. Ffoi'n ddistaw bach a wnâi Fiona, a rhedeg 'nôl wedyn i bori o'i law yr hyn nad oedd gan Derek-Foel i'w roi. Tan wythnos diwethaf. Mi welodd hi bryd hynny fod y ffynnon yn sych pan stopiodd Eifion y cardiau banc.

Ar enedigaeth y plant, wyddai Eifion ddim am y contract anweledig roedd o'n ei arwyddo nes ei bod hi'n rhy hwyr. Y contract un-ffordd, di-ddod-allan-ohono a'i clymai i roi, rhoi, rhoi a derbyn dim – bygyr-ôl – yn ôl. Oedd, roedd gwenau cyntaf y ddau, eu cerdded cyntaf, eu geiriau cyntaf a cherrig milltir ysgol gynradd wedi dwyn peth elw emosiynol iddo yn eu sgil, er bod yr atgof am y rheini bellach wedi hen bylu, ac ecwiti negyddol yr arddegau wedi canslo pob budd iddo.

Roedd y ddau wedi creu rhyw linyn o fath arall rhyngddyn nhw a Fiona, yn bendant, llinyn na fu rhyngddo ef a nhw erioed. Ond un-ffordd oedd hwnnw hefyd i bob golwg, a hithau'n parhau i fuddsoddi'n emosiynol ynddyn nhw, fel bocsiwr gwael yn mynd yn ôl am ddyrnad arall o hyd.

Be oedd ar ôl o'r llinyn rhyngddo fo a nhw? Ceisiodd Eifion droi ei feddwl i rywle arall rhag gorfod ateb y cwestiwn.

Brengain Cefni. Rheinallt Cefni. Lle roedd y ddau swot diflas rheini rŵan? Yn chwysu dros syms neu farddoniaeth wrth eu *laptops*, bid siŵr. A Cefni wrth eu cefnau'n porthi, heb gael ei darfu gan 'Ffyc off, Dad' o geg yr un o'i blant.

Lwmp o gachu yn y stydi, lwmp cynhyrchiol o gachu yn y garej, dyna fu Eifion i'w blant. A rŵan, doedd o ddim hyd yn oed yn hynny, am na fedrai o gynhyrchu dim byd.

Fedrai o ddim anghofio'r olwg o wawd ar wyneb Dwynwen pan feiddiodd o awgrymu wrthi y dylai ailystyried ei phenderfyniad i adael yr ysgol yn un ar bymtheg. Wnaeth hi ddim trafferthu ei atgoffa am ei habsenoldeb diddiwedd o'r ysgol, er ei fod o'n gwybod yn iawn amdano: roedd Fiona wedi gwthio'r llythyrau rhybudd o dan ei drwyn yn ddigon aml. Pa ysgol ar wyneb daear duw rôi gyfle arall iddi – y canfed cyfle – drwy ei gwahodd yn ôl i'r chweched? Wnaeth hi ddim codi llyfr ar gyfer ei harholiadau TGAU – prin oedd hi gartref p'run bynnag – ac ni fedrai Eifion ddychmygu pa mor wael fyddai ei chanlyniadau. Roedd o'n dechrau ar ei brentisiaeth yn y garej yn ei hoed hi, a chanlyniadau'r arholiadau fawr o bwys iddo yntau chwaith. Ond doedd 'na ddim garej na dim oll arall ganddo i'w roi i Dwynwen yn ymgais at ddewis gyrfa iddi. Nid y byddai hi ronyn balchach pe bai wedi cynnig iddi ddod i weithio i'r garej – ar y llyfrau neu i wneud coffi, neu be bynnag a ddôi o fewn ei gallu cyfyng. Dyna'r lle diwethaf roedd hi wedi dymuno rhoi ei throed erioed. Cyfrwng yn y cefndir yn unig oedd y garej, i lenwi ei waled er mwyn iddi hi gael ei gwagu.

A Deio wedyn. Am ba hyd fedrai hwnnw barhau i ddianc, holodd Eifion ei hun. Ni allai Deio, fwy nag Eifion, fyw ar ddim.

'Taswn i wedi cael 'mystyn y garej,' dechreuodd Eifion. 'Ella…'

'Falle, falle, falle ddim,' meddai Dewi. 'Falle fod yr haul yn las a'r lleuad yn gaws.'

'Ar Cefni roedd y bai. Tasa fo wedi'n helpu fi, wedi wanglo caniatâd cynllunio o groen y cynghorwyr eraill, fyswn i ddim lle rydw i.'

'Lle rwyt ti?' holodd Dewi.

'Mewn twll,' atebodd Eifion.

Roedd Cefni'n gwybod yn iawn mai arno fo roedd y bai. Llynedd, pan aeth hi'n ddrwg iawn, roedd Eifion wedi ystyried cyfaddef wrth rywun, gofyn am help. Wynebu'r problemau cyn iddi fynd yn rhy hwyr. Roedd wedi gwneud mwy nag ystyried ac wedi llyncu ei holl falchder a mynd i gael gair â'i dad. Wnaeth o ddim cyfaddef, na; mi wisgodd ei gais am gyfraniad bach i'r busnes mewn geiriau a oedd yn cau allan unrhyw bosibilrwydd fod 'na hwch yn y pictiwr, a'i golygon ar ddrws agored y siop. 'Buddsoddiad' alwodd o'r cyfraniad, 'cyfle i fuddsoddi yn y garej', fel pe bai o yno i gynnig ffafr i'w dad. Dyna un o'r pethau roedd o'n ddifaru, peidio dweud mwy… ond gwyddai hefyd y byddai clywed ei dad yn gwrthod ei gais am help yn gyfystyr â chrogi ei hun. Achlysur arall a ddifarai oedd ei styfnigrwydd o ei hun pan alwodd Cefni'n fuan wedyn a gofyn gâi o fuddsoddi yn lle'i dad. Ei fam wedi bod yn sbowtio yn ei gefn, gan liwio'i phictiwr ei hun o sefyllfa Eifion a gwrthodiad ei dad, a Cefni bach, hogyn-da, wedi ceisio trwsio'r twll, patsio'r rhwyg, drwy gynnig ei bres ei hun. Heb ddweud, heb gyfadde'i fod o wedi dehongli'r cyfan yn ei ben a deall mai cri am help oedd cynnig Eifion i'w dad. Na, wnaeth Cefni ddim sbwylio'r gêm drwy esbonio'r rheolau, drwy gyfadde'i fod o'n amau'r gwir. Hynny a wylltiai Eifion fwyaf, a hynny a wnaeth iddo wrthod help gan Cefni. Mi fyddai wedi gallu dal ati yr adeg honno efo help llaw bach o'r fath. O drwch asgell gwybedyn. Be oedd hwn wrth ei ochr wedi'i ddweud am lyncu balchder? Be wyddai o? Chafodd o mo'i fagu efo Cefni.

'Whilian nhw mas yn ddigon clou,' meddai Dewi.

'G'nân. 'Blaw bo gin ti rai cannoedd o filoedd i'w benthyg i mi.'

'Fel ma'n digwydd bod…' Cogiodd Dewi fynd i'w boced cyn stopio a chwerthin, y bastyn ag o. Chwerthiniad main, uchel, gwahanol i ffrwydradau chwerthin Dave, ond yn swnio yr un mor lloerig, rywsut. Doedd Eifion ddim wedi clywed neb yn chwerthin yn ynfyd ers i Dave fynd a'i adael.

'Plis, paid mynd!' Roedd Fiona wedi rhedeg i lawr y dreif ar ôl Dwynwen, wedi i Eifion ddweud wrth ei ferch am fynd i'r diawl. Tynnodd Dwynwen yn rhydd o sterics ei mam a pharhau i anelu am y giât. Cariai ges ym mhob llaw. Gwyliai Eifion o'r tŷ a'i geg yn blasu hufen iâ chwerw. Fyddai hi ddim yn hir cyn methu byw ar ddau lond ces. Byddai adref yn ei hôl wedyn yn chwilio am fwy, a dim mwy i'w gael. Nid ar gariad mam yn unig y bydd byw dyn. Daethai Fiona yn ôl i'r tŷ a'i bochau'n batsys o grio coch. 'Dyna 'di hyd a lled 'i chariad hi,' meddai yntau wrthi'n chwerw. 'Cerdyn banc.' Rêl 'i mam, mwmiodd wrtho'i hun cyn diflannu i ganol y biliau a'r llythyrau banc heb eu hagor yn y stydi. 'Roist ti rioed ddim byd iddi,' meddai Fiona wrtho, y gnawes fach ddigywilydd. 'Rois i bopeth iddi!' roedd o wedi bloeddio'n ôl ati. 'I chi i gyd! Bob un dim oeddach chi isio!' 'Naddo!' meiddiodd y bitsh ei ateb yn ôl. 'Roist ti ddim byd o gwbwl roedd hi'i angen.' Gwthiodd yntau hi allan a chau'r drws yn ei hwyneb.

Bechod na fyddai wedi cau'r drws ar ei thrwyn.

'Os llwyddest ti mewn busnes unweth, galli di neud 'ny 'to,' meddai Dewi wrth ei ochr. 'Ma'r papure'n llawn o bobol sy wedi llwyddo ar ôl bod yn fethdalwyr. Ti'n gallu neud e. Bach o wmff, 'na i gyd sy isie arnot ti.'

Gwyddai Eifion hynny gystal â neb. Pe bai o wedi rhoi pethau yn enw Fiona, pe bai o wedi stopio ffraeo efo Fiona'n ddigon hir i fod wedi rhoi trefn ar y cyfrifon, i ofalu na fyddai bod yn fethdalwr yn golygu colli'r cyfan oll i gyd... ond roedd o wedi cadw'r cyfan rhagddi, wedi cau'r drws ar unrhyw ffurf ar gydysgwyddo baich, ufuddhau i'r llw priodas er mwyn arbed rhywfaint ar ei fusnes. Fyddai o byth wedi gallu cyfaddef hyd yn oed y posibilrwydd o fethiant wrthi.

A hyd yn oed pe bai o wedi rhoi'r busnes yn enw Fiona, byddai yn yr un sefyllfa yn union. Byddai Fiona beth wmbreth yn well ei byd – pa mor hir mae'n rhaid aros am ysgariad y dyddiau hyn? Deufis, dri, ac mi fysa hi'n rhydd. O leiaf gallai Eifion ddiolch mai'r banc a gâi bob ceiniog, nid Fiona a Derek.

('Difôrs!' Bron nad oedd wedi sgrechian y gair gan gymaint ei lawenydd. 'Cefni ni'n ca'l difôrs!' Cefni perffaith hogyn-da yn chwalu cyfamod priodas â'i dduw, yn rhannu ei deulu, yn gwahanu oddi wrth ei gymar oes – bron bymtheng mlynedd o oes – ac yn camu i Gomorra'r tadau sengl, y methiannau, y 'bastards'? Medrai fod wedi cusanu ei fam am roi'r newyddion iddo. Welodd o mo hynny'n digwydd. Fiona a fo oedd yn y gynghrair honno, fo oedd yr ymgeisydd perffaith, nid Cefni. Methodd Eifion ymatal rhag ebychu 'Da iawn fo.' Ac mi edrychodd ei fam arno'n ddu – fel pe bai o wedi cyhoeddi ei fwriad i ddiforsio Fiona, fel pe bai o, yn hytrach na Cefni, ar fin chwalu'i deulu. Cefni ni, hogyn-da, yn llamu i bydew pechod. Cefni Hughes y Blaenor Pwysig. Cefni Hughes MA y Prifathro Parchus. Cefni Hughes y Cynghorydd.

Roedd ei fam yn ceisio rhoi plastars ar y newyddion drwy ddweud bod y cyfan yn wâr, yn digwydd er lles y plant, eu bod yn gwbwl gyfeillgar a hapus – ha! – heb air croes yn y byd a bod y ddau wedi wynebu'r ffaith nad efo'i gilydd roedd eu dyfodol. Ond roedd Eifion yn rhy brysur yn ei orfoledd i wrando arni. Aros nes dduda i hynna wrth Fiona.

Wnaeth honno ddim ymuno yn ei lawenydd chwaith, dim ond dweud 'bechod' yn ddistaw, fatha tasa hi'n ei feddwl o, a mynd yn fwy tawedog na'i harfer dros y dyddiau wedyn. Dim mwy o Gwen, ei gwenau gwirion a'i thrwyn concord a'i hwyneb diolwg. A Cefni heb ei blant. Daethai pob Dolig a phen-blwydd at ei gilydd yn un rhodd enfawr o ddifôrs. Difôrs ei frawd, hogyn-drwg.

Gofalodd baentio dwyster cydymdeimladol y trefnydd angladdau ar ei wep wrth gyfarch Cefni pan welodd o fo (ymhen hir a hwyr – y diawl yn cuddiad, siŵr dduw) ac wrth yngan ei enw o neu'r plant yng ngŵydd ei rieni. Ond daethai rhyw sgip i'w gerddediad yn y garej, rhyw ysgafnder wrth siarad â Marian, ei ysgrifenyddes, a'i weithwyr dros y misoedd wedyn, er bod y busnes wedi hen ddechrau llithro'n is i'r tywod. Pa ots? Am unwaith roedd y Bod Mawr wedi gwenu arno fo.)

'I'r chwith neu'r dde?' holodd Dewi wrth nesu at groesffordd. 'Lle ti'n byw?'

'Y dde. Adra,' ebychodd Eifion a'i lygaid wedi cau. 'Lle bynnag ydi fan'no.'

1 2

Lobstyrs a lipstic

'YFFACH, 'MA BETH yw tŷ i alw "chi" arno fe,' llygadodd Dewi Ael y Bryn yn llawn rhyfeddod. 'Swanc.'

'Oedd,' meddai Eifion gan geisio peidio edrych i gyfeiriad y tŷ oedd wedi bod yn gartref iddo ers dros ddeng mlynedd ac a oedd rŵan yn ddim byd ond cragen. Bocs.

Ceisiodd agor drws y car er mwyn dianc, ond er iddo dynnu ar yr handlen, doedd dim byd yn digwydd.

'Agor y drws i fi, plis.'

Neidiodd Dewi allan o'r car a dod rownd i'w ollwng yn rhydd. Syllodd Eifion ar y car rhacs dieithr ar ei ddreif, car ei waredwr, a'i fryntni a'i rwd yn gwingo yn erbyn y graean coch taclus ac ymylon perffaith syth y llwybr at y tŷ. Roedd o wedi atal Dewi rhag mynd yn ôl at y BMW ym Mhorthaethwy. I be oedd eisiau gwneud gwaith y banc drostyn nhw? Sylwodd fod tipyn o dwf yn y glaswellt. Gallai wneud â chael ei dorri…

Nid fy lle i ydi codi'r ffôn ar y garddwr, atgoffodd ei hun ar unwaith, er mai job Fiona oedd honno wedi bod. Mentrodd godi ei ben at y tŷ. Safai'n dalsyth gadarn yn ei ffug-glasuroldeb, ei ddrws ffrynt fel ceg fawr grachaidd yn gwawdio'r sawl a âi i mewn, a'r portico bychan dros y brif fynedfa fel gwefus nawddoglyd, falch yn mesur hyd a lled pob ymwelydd. Nid oedd llygedyn o olau yn yr un o ffenestri eang ei wyneb. Cofiodd Fiona'n gwirioni wrth farnu y byddai'n rhaid mynd cyn belled â Chaer i ddilladu drysau enfawr y patio. Gallai'r waliau wneud efo côt o baent o fewn y deunaw mis nesaf, ond roedd rhosod y garddwr ar eu trelisau ar eu gorau, yn gwaedu'n goch ar y cefndir hufen ac yn tynnu'r llygaid at ddail yr hostas yn eu potiau glas tywyll llachar o flaen rhan ddwyreiniol y tŷ.

'Wel,' meddai Dewi ar ôl sefyll wrth ei ochr am rai eiliadau yn astudio eiddo'r banc. ''Se well i fi 'i throi hi.'

'Paid mynd,' mwmiodd Eifion yn ddistaw heb droi i edrych arno. Teimlai'n sobor o oer.

Daliodd Dewi'r geiriau, a stwffio'i ddwylo i waelodion pocedi'r gôt law gan ostwng ei ben i wylio'i dreinyrs tyllog yn chwarae â'r graean lliw teracota.

'Aros am banad neu rwbath.'

Rhoddodd Eifion ei oriad yn y clo gan hanner amau y byddai'r banc eisoes wedi newid y cloeon. Ond llithrodd yn hawdd i'w le, ac agorodd y drws.

Gwasgodd y switsh golau ar gyntedd a edrychai'n ddieithr iddo, er mai dyma'r olygfa a arferai ei wynebu'n nosweithiol wrth iddo gyrraedd adref o'r garej. Fo oedd y dieithryn heno. Daliai blodau plastig Fiona i floeddio 'Croeso!' anniffuant yn y fas ffug-Tsieinïaidd a deyrnasai dros y bwrdd mahogani wrth droed y grisiau (y puteiniaid â nhw), ond roedd haen fechan o lwch yn gwrlid perffaith dros y bwrdd bellach. Arweiniodd Eifion Dewi i'r dde a chynnau'r golau ar lolfa foethus â'i thair soffa ledr o bobtu'r lle tân mawr, oedd dipyn glanach na lle tân go iawn.

Pwyntiodd Eifion at soffa a dweud wrth Dewi am eistedd. Oedodd hwnnw fel pe na bai am adael i'w gôt byglyd faeddu llewyrch dwfn y celficyn.

'Neb gatre?' gofynnodd wrth ufuddhau o'r diwedd. 'Sori,' ychwanegodd wedyn, wrth deimlo'i fod yn rhwbio halen ar friw.

'Neb adra,' atebodd Eifion yn swta gan droi am y gegin.

Daliodd ei adlewyrchiad yn y drych dros y lle tân wrth fynd.

Arglwydd, pryd brithodd ei wallt o i'r fath raddau? Ac o lle daeth y dagell a hongiai islaw ei ên? Pryd oedodd o'n ddigon hir i edrych arno'i hun mewn drych ddiwethaf?

Cofiodd am Dewi, a throi oddi wrth yr Eifion dieithr.

'Panad...'

Yn y gegin, gwagiodd y dŵr o'r tegell cyn ei lenwi wedyn o'r tap a'i roi i ferwi ar ôl rhoi'r golau sbot lleiaf ymwthiol ymlaen o dan yr unedau derw. Trodd i wynebu'r gegin dywyll. Mor hawdd oedd cymryd y cyfan yn ganiataol, meddyliodd – fo'i hun lawn cymaint â'r tri arall. Y bwrdd rhy fawr i'w deulu, a'r ynys ithfaen y mynnodd Fiona ei chael er mwyn twyllo'i hun a'r byd ei bod hi'n *chef*. Dyma'r gegin ar ei thawelaf – fel hyn mae hi pan mae'r ffraeo a'r gweiddi, y tantryms a'r rhegi wedi dod i ben, mae'n rhaid, meddyliodd Eifion. Pan mae'r teledu hollbresennol yn y gornel wedi'i ddiffodd, a'r system sain gyferbyn yn fud. Gallai fod wedi dioddef mwy pe bai'n fyddar, ystyriodd. Câi'r teulu ddal i weiddi a rhegi ar ei gilydd yn rhywle arall heb ei gyfraniad o. Yn y lleisiau roedd y bustl. Medrai osgoi edrych ar wynebau.

Dechreuodd sychu diferion oddi ar y wyrctop, cyn peidio, a cheryddu ei hun am ofalu am rywbeth oedd wedi'i ddwyn oddi arno. Gwelodd y pentwr o lestri glân ar y bwrdd, wedi'u gosod yno gan Fiona wrth iddi wagu'r peiriant golchi llestri ddyddiau lawer yn ôl. Fyddai hi ddim yn gwybod wrth eu gosod un ar ben y llall yn ofalus mai dyna'r tro olaf y byddai hi'n gwneud hynny, na châi fyth eto fwrw ei chadach dros y gegin y bu mor frwd ei chynlluniau a'i gweledigaeth yn ei chylch – ei chegin hi, fy ngarej i – ddeng mlynedd ynghynt. Fyddai hi ddim yn gwybod rŵan chwaith mai eiddo'r banc oedd y gegin, yr ynys ithfaen, yr Aga ddwbwl a'r bwrdd rhy fawr i'w theulu. Châi hi byth gegin gystal gan Derek-Foel.

Teimlai Eifion yr ach yn codi ohono eto. Roedd Fiona wedi

gofalu clirio wedi'r ffrae. I be? Nid am ei bod hi'n bwriadu symud allan, siŵr dduw. Oedd hi wedi cynllunio i symud Derek i mewn, i'w le fo, yn ei le fo? Gwawriodd y posibilrwydd fel cyfog yn ei lwnc. Wnâi hi ddim gadael i Eifion gael y tŷ roedd hi wedi buddsoddi cymaint o'i hegni yn ei greu, yn ei harddu.

Trodd i estyn cwpanau rhag gorfod meddwl am bethau na fedrai ddioddef eu hystyried. Agorodd gwpwrdd arall ac estyn potelaid wyryfol o wisgi ohono. Arllwysodd y neithdar i'w gwpan coffi, a mynd â'r ddau gwpan a'r botel drwodd i'r lolfa.

'Ble ei di?' holodd Dewi wrth estyn am y cwpanaid o goffi o law Eifion.

'Roedd gen i rwla,' meddai Eifion wrth eistedd, 'cyn i ti 'i ddwyn o oddi arna i.'

'Gei di rwle gwell.'

Sipiodd Dewi ei baned cyn edrych am rywle i osod ei gwpan. Roedd pren y bwrdd coffi'n rhy ddifrycheulyd o lân i roi'r cwpan poeth arno, ond doedd nunlle arall – roedd breichiau'r soffa ledr yn rhy grwn, y carped lliw hufen yn rhy ddwfn.

'Mae hi hefo fo ers misoedd a finna'n rhy ddall i weld,' ochneidiodd Eifion. 'Ddudodd Dwynwen 'i bod hi wedi'u gweld nhw drw ffenast La Fontaine yn Bangor, yn byta lobstyrs.'

'Ma pobol yn neud mistêcs.'

Nid camgymryd a wnaethai Dwynwen. Pan fwstrodd Eifion ddigon o ddewrder i holi Fiona, wnaeth hi ddim gwadu. Ddim yn syth. Mi gyfaddefodd mor blaen â'r drych mawr didostur uwchben y lle tân iddi gyfarfod y cwd yn fan'no. 'I siarad,' meddai Fiona, 'ddim i fyta lobstyrs.' 'I sibrwd geiria budur wrth 'i gilydd,' meddai meddwl Eifion. Roedd o wedi codi ei lais a Dwynwen, a oedd wedi glanio yno i fegera yn ôl ei harfer, yn dyst i bob gair ond yn ffugio mwy o ddiddordeb mewn rhyw raglen realiti goc ar y bocs – bywydau pobol eraill yn llawer haws eu dioddef – ac roedd o wedi cyhuddo Fiona o gysgu efo Derek-Foel a'i bidlan brysur. Gwylltio wnaeth Fiona wedyn a dweud bod yn rhaid bod 'i bidlan o'n brysurach nag un Eifion achos roedd un Eifion wedi hen farw (Marian, deud wrthi!). *Customer service* y trefnydd angladdau: mi'th ymgeleddaf, del, a chladdu dy ŵr.

Pam roedd o'n ôl yma, yn lle ar waelod y twll du?

'Fyddi di'n iawn?' holodd Dewi wedi tawelwch hir.

Roedd o'n amlwg yn llai cyffyrddus yn siarad yn fa'ma nag ar bont oer neu mewn croc o Gapri, fel pe bai bod rhwng pedair wal yn ei wneud o'n llai na fo'i hun, yn rhoi cwlwm ar ei dafod. Da bod rwbath fedar neud hynny, meddyliodd Eifion. Cododd y botel wisgi. Mae gen i'r wraig orau i 'nghnesu fi, i leddfu pob gofid. Edrych arni yn ei gwisg o ambr pur, lliw bywyd, lliw gemau brenhinoedd, lliw piso. Cynigiodd y botel i Dewi, ond cododd hwnnw ei law i wrthod.

Roedd Dewi ar bigau eisiau mynd, medrai Eifion weld arno. Oedd o'n difaru ei achub? Oedd o bellach yn teimlo iddo wastraffu ei egni a'i eiriau ar ffŵl fel fo, y ffŵl balch ar ei dwmpath? Cofiodd Eifion am y gronynnau bach fel bydysawdau.

'Ty'd.' Cododd Eifion ar ôl rhai munudau. Doedd o ddim am wneud i'r truan ddioddef rhagor.

Cododd y botel wisgi hefyd ac arllwys sawl joch i'w gwpan coffi. Dilynodd Dewi o at y drws.

Ar ochr y tŷ roedd yr ardd i'w gweld yn ei holl ogoniant yn y golau cynnar, a'r lawnt yn ymestyn hyd at y berllan o goed ifanc rhyngddyn nhw a'r afon, yn rhy wan ac anaeddfed iddo feddwl crogi ei hun oddi ar un o'r canghennau.

(Roedd ei law o am wddw Fiona yn y cyntedd, wedi'i phinio hi yn erbyn y wal, a'i lais o'n perthyn i rywun heblaw fo'i hun. Roedd o wedi'i gorfodi hi i edrych arno, ac yntau arni hi – hi a'i lipstic byrgyndi a'i thrwyn drud a'i gwallt na fedrai neb rhwng fa'ma a Chaer ei dorri – ei gorfodi, ei orfodi, i wynebu'i gilydd, a'i law'n ei rhwystro hi rhag yngan gair arall o gelwydd, rhag gwadu eto iddi gysgu efo Derek. Pyllau o ofn oedd ei llygaid bellach, pyllau glo o arswyd, o dan haul braf ei gwallt, a'r geiriau yn ei ben oedd 'Ma 'i ar ben, 'dan ni'n colli'r cyfan, 'nes i smonach o'r garej, 'sna'm byd ar ôl, ddim 'y mai i ydi o.' Ond y cyfan a ddôi allan, wedi'u gwisgo yn ei boer, oedd y geiriau rheg roedd Derek-Foel wedi'u dysgu iddo y tu ôl i wal y toilet yn 'rysgol fach. Roedd o'n eu rhoi nhw 'nôl iddo fo, yn eu saethu at Fiona, iddi hi, yr hwren a fu'n rhannu'r rhan orau o ugain mlynedd ag o – mewn amser os nad mewn lle – fel y gallai eu cario ato fo, Derek-Foel, eu cario ato o geg Eifion, fel llythyr.)

'Ti'n siŵr bo ti ddim moyn i fi fynd â ti i hôl y car?' holodd Dewi ar garreg y drws.

'Ddim 'y nghar i ydi o. Gawn nhw 'i nôl o eu hunain.'

Ddim 'y ngwraig i ydi hi, gei di ffwcio hi dy hun, Derek.

'Fyddi di'n iawn?' holodd Dewi eto gan lygadu'r wisgi.

Doedd dim o frwdfrydedd y llanc a'i ddamcaniaethu mawr ar y bont yn weddill ynddo. Rêl stiwdent, meddai Eifion wrtho'i hun, llawn o bob cachu yn y byd, a'i egni'n ddi-ben-draw hyd at ryw bwynt, hyd bump neu chwech y bore, wedyn yn blino fel babi y munud mae'n dihysbyddu ei egni. Plentyn o hyd. Ddim yn dallt oriau dydd a nos a'r rheini'n llithro i'w gilydd dros a thrwy broblemau go iawn pobl mewn oed. Mi ddôi i ddeall.

'Diolch,' meddai Eifion yn swta braidd wrth yr hogyn oedd yn sefyll rhyngddo a gweddill ei botel.

Yna, yn union fel wrth fedd Dave, cododd y gair yn ei frest drachefn, arnofio i'w wyneb o'i geg efo dagrau amdano na wyddai eu bod yn weddill ynddo.

'Diolch,' ailadroddodd, ac estyn i afael ym mraich ei achubwr.

''Nes i lwyddo 'te?' gofynnodd Dewi gan geisio swnio'n ysgafn, a methu am ei fod o wir eisiau gwybod. 'So ti'n mynd i neud unrhyw beth dwl, w't ti?'

Wyddai Eifion ddim sut i ateb, ac roedd angen yfed y wisgi arno cyn gweld sut byddai hi. Ond wrth edrych o riniog yr hyn a fu'n gartref iddo, allan dros yr ardd a'r lawnt a'r coed i gyfeiriad yr afon, gwyddai fod ganddo bâr newydd o lygaid.

'Yr hosan,' cofiodd Eifion. 'Be am yr hosan? Wyt ti wir yn gweu sana?' Am ryw reswm, teimlai fod yn rhaid iddo gael gwybod.

Cododd Dewi ei ysgwyddau.

'Treial,' meddai'n dawel. 'Falle dylet tithe neud.' Gwenodd, ac oedi eiliad cyn troi am ei gar.

1 3

A'r nic-nacs dros y lle'n yfflon

NOS YN DDYDD a dydd yn nos, ac ambr drwy ei wythiennau'n ei gynhesu, yn ei fwytho, yn ei gryfhau.

Cerddodd Eifion drwy'r tŷ gan ddal y botel hanner gwag at ei fron. Yn wahanol i'r hyn a welsai yn y gegin, doedd Fiona ddim wedi trafferthu clirio fyny grisiau wedi'r ffrae – ar yr wyneb roedd hi'n byw, yn nrych llygaid y lleill, ffilm dros y dim oedd yn weddill ohoni, colur am ben cacen dail. Safodd yn nrws llofft Dwynwen ac edrych ar y gwely lle na bu hi'n cysgu ers i'r Goth ei denu ato. Daliai lliwiau'r plentyn i'w harddangos eu hunain mewn ambell glustog a ffrâm luniau – lluniau ffrindiau, nid teulu; cydnabod, unrhyw un heblaw'r teulu – ond roedd dwy o'r waliau'n ddu, wedi'u paentio pan ddisgynnodd hithau i'w du, cyn cyfarfod â'r Goth neu wedi hynny. Roedd Dwynwen yn ddu erstalwm byd.

Roedd ei droriau hanner-ar-agor yn arllwys y dillad a wrthodwyd ganddi pan baciodd ei ches. Rhaid bod Fiona wedi gadael y llofft fel roedd hi wythnosau'n ôl pan adawodd y ferch am y tro olaf, fel allor i goffadwriaeth y fechan a'i *Barbie dolls* a'i phinc a'i leilac a'i dillad tylwyth teg. Heb galon ganddi i wynebu'r hyn a gollwyd o'r llofft.

Aeth draw i lofft Deio wedyn. Dipyn gwacach, dipyn taclusach, ac ôl llaw Fiona arni yn gwybod y dôi'r plentyn yma adref, ryw ben, wedi iddo flino ar ben draw'r byd. Ddôi o ddim yn ôl, wedi'r cyfan, ddim i fa'ma, os i nunlle'n agos. Caeodd Eifion y drws ar lofft Deio.

Safodd ar y landin a chlywed eto'r lleisiau. Lleisiau llawn… be? Llawn byw? Llawn llid? Llawn bywyd? Llawn tymer? Llawn. Dim ond llawn.

A'i leisiau o a Fiona wedyn wrth iddi geisio dianc rhag ei gynddaredd, rhag ei law am ei gwddw hi. Gwelodd ddrws eu llofft, a'r marciau ar y pren lle roedd o wedi hyrddio'r bwrdd bach nic-nacs ben landin ato pan gaeodd hi Eifion allan o'u hystafell. Gorweddai'r bwrdd ar ei ochr yn yr un lle ag y glaniodd rhyngddo a'r llofft, a'r nic-nacs dros y lle'n yfflon. Gwelodd y ffrâm rydd o gylch y drws cilagored, y ffrâm a oedd wedi chwalu wrth iddo hyrddio'i gorff yn erbyn y drws. 'Stopia hi!' erfyniai Fiona y tu mewn i'r ystafell. Stopia hi, stopia hi, gwaeddai wrthi yn ei ben, rhag iddi ei wneud o eto efo Derek-Foel, a licio'i wneud o, a gadael iddo fo ddweud wrth bawb, wrth bawb-ei-fam-ei-dad-a-Cefni, ei bod hi wedi mynd, wedi'i adael o, ei fod o wedi bod mor esgeulus â'i cholli hi. Ei gwpan aur o. ''Nest ti rioed lwyddo i ddal dy afa'l mewn dim byd,' clywodd ei fam yn gwawdio, 'y llo!'

Ac i mewn ag o i'r llofft, a Fiona'n cilio rhagddo ar y gwely, yn arswydo rhagddo, yn tynnu'n rhydd oddi wrtho a'i cheg yn gwadu, gwadu popeth, ac yn dweud bod y garej yn bwysicach iddo fo nag oedd hi ac wedi bod erioed, a'i bod hithau'n rhywun hefyd – fel llygoden eisiau ei thwll, fel twll eisiau ei lenwi – a fynta byth yno iddi, a bod y plant wedi mynd o'i achos o am nad oedd ganddo fo lygaid iddyn nhw, clustiau iddyn nhw, calon iddyn nhw. Y garej oedd pia'r rheini, y garej oedd pia fo i gyd, a neb ar ôl iddi hi; gwag, gwag ond y jiwyls y dillad y *manicures pedicures sunlamp* salon gwallt salon harddwch *mod-cons plasma screen* TV iPod compiwtyrs *laptops coffee-maker panini-maker smoothie-maker…*

Love-maker dwisio! Ac mi gafodd hi hwnnw hefyd, yn agosach na Chaer, coc ac arch yn un, mahogani *satin-lined* i lithro i mewn yn hawdd a chaled, yn dwt – os bach – i'r twll mawr ynddi.

Ar agor oedd dwylo Eifion gyntaf pan laniodd o ar ei phen i'w slapio, ond erbyn i Dwynwen ymddangos yn y drws roedden nhw wedi hen gau'n ddyrnau.

14

Drachtiodd

TEIMLODD YR HAUL yn boeth ar ei wyneb cyn iddo agor ei lygaid, haul yn sleifio i mewn heibio ochrau'r llenni Laura Ashley trwm. Er bod cur yn ei ben, doedd o ddim eto wedi cyrraedd yr ochr arall i'w feddwdod. Cododd y botel at ei wefusau gan gau ei lygaid drachefn, a llwyddo i'w dal ar ongl fel na ollyngai yr un diferyn dros gwrlid matsio'r-llenni y gwely anniben.

Cododd ar ei eistedd a sychu ei wefusau. Anadlodd yn ddwfn, a theimlo'n well. Roedd o yma.

Ar fin codi ar ei draed oedd o pan welodd y pad nodiadau ar ben y cwpwrdd dillad a nodyn byr Fiona iddi hi ei hun cyn y ffrae, iddi gofio nôl ei chôt o'r lle *dry-clean*, ac aeth saeth drwyddo. Doedd o ddim yn siŵr o ble daeth yr atgof, ac roedd ei gynnwys yn annelwig. Cymerodd eiliadau iddo wisgo rheswm am y saeth o ofn. Ond gwyddai i sicrwydd nad hel bwganod roedd o. Roedd o wedi ysgrifennu rhywbeth ar ddalen arall y pad ysgrifennu, wedi bustachu i greu ysgrifen ddarllenadwy o fyd ansad, niwlog ei chwildod. Neithiwr? Ddoe?

Cyn mynd at y bont.

Roedd o wedi llusgo'i draed i fa'ma ar y ffordd o'r tŷ bach, at y pad, wedi dod o hyd i feiro'n wyrthiol o sydyn, yn rhagluniaethol o sydyn, ac wedi ysgrifennu.

Roedd o wedi gadael nodyn i Fiona.

Cyn bachu goriadau'r car ac anelu am y bont. Wedi dweud wrthi beth oedd o'n bwriadu ei wneud – ni chofiai'r geiriau, dim ond eu hystyr – wedi datgelu'r cyfan.

Edrychodd o'i gwmpas yn wyllt – lle roedd y papur? – a gwybod rywle yn nyfnder ei ymysgaroedd nad fan hyn fyddai o wedi gadael y nodyn, a Fiona ddim yma. Cofiodd iddo feddwl ei roi drwy dwll post Foel. Ai dyna wnaeth o? Nodyn i Fiona drwy law Derek. Beth am wraig Derek? Ni fedrai'n lân gofio bod yn y Foel. Ynteu ai postio'r nodyn wnaeth o? Ac i le? Doedd gan Eifion ddim syniad beth roedd o wedi'i wneud â'r nodyn, ond roedd un peth yn sicr, doedd dim golwg ohono fo yma. Gallai fod wedi dod o hyd i amlen a stamp yn nrôr y gegin.

Oedd o'n cofio'i bostio? Aeth i lawr i edrych yn y gegin, a thrwy'r tŷ, heb ddod o hyd i amlen yn nunlle. Oedd o'n cofio? Ei roi mewn bocs coch ar y ffordd at y bont yn rhywle, stopio'r car a phostio? Dyrnodd y bwrdd wrth geisio'i orau i ddwyn i gof beth roedd o wedi'i wneud â'r amlen. I le fyddai o wedi'i phostio?

Daliodd ei lygaid y cloc ar y wal. Chwarter wedi tri. Pnawn. Rhaid ei fod o wedi cysgu ers y wawr. Oedd y nodyn yn y car? Dyrnodd y bwrdd eilwaith wrth ddifaru gwrthod y lifft i nôl y BMW o Borthaethwy. Pryd cyrhaeddai'r amlen? Pryd câi Fiona hi, ac yn lle?

Fory? Ben bora fory? Faint o'r gloch ma'r post yn cyrraedd... lle?

Pwy ffoniai o? Derek-Foel? Ai fan'no roedd Fiona? Roedd ei rif o yn rhywle ers claddu Dave. Agorodd Eifion ddroriau a thywallt eu cynnwys dros y llawr. Drachtiodd o'r botel. I be roedd o'n meddwl ffonio Derek-Foel i'w glywed o'n gwadu dobio'i wraig? Ac i be fyddai Fiona wedi mynd i'r Foel a gwraig gan y cwd yn fan'no? Ond yn ei feddwdod eithaf ddoe, neithiwr, pryd oedd hi, a fyddai o wedi cofio am wraig Derek? Oedd o wedi postio'r nodyn?

Dwynwen. Ffoniai Dwynwen; efo hi fyddai Fiona. Be oedd ei rhif ffôn hi? Rhaid ei fod o yma yn rhywle. Byddai hi'n gwybod lle roedd ei mam. Ond be ddywedai o wrth ei ferch? Be fedrai o ddweud wrthi? Drachtiodd. Fedrai o ddim yn ei fyw â galw bocs coch i'w gof. Tad Fiona? Ai fan'no roedd o wedi anfon yr amlen at Fiona? Ei chwaer, ei brawd? Oedd o'n mynd i orfod dweud wrth bob un ohonyn nhw? Drachtiodd. Bocs coch, bocs coch. Dweud wrthyn nhw i gyd ei fod o wedi bwriadu lladd ei hun, ond yn amlwg wedi methu gwneud hynny hefyd! Drachtiodd. Drachtiodd. Drachtiodd.

Pylodd y cof yn raddol. At bwy roedd o wedi anfon y nodyn? At Fiona? At Cefni? At Marian? Marian…? I be…? Pa gyfeiriad roddodd o, pa enw, pa focs…?

Nodyn? Pa nodyn?

Drachtiodd y gweddill a chamu'n ffwndrus drwm i chwilio am ragor.

15

Gan hiraethu am ei bont

DEFFRODD A THEIMLO glafoerion o'i geg wedi sychu ar ledr y soffa, a'r croen yn llosgi wrth iddo dynnu'n rhydd. Eisteddodd am sbel i'w ben orffen troi. Ond dal i droi wnâi ei ben a'r ordd o'i fewn yn dal i bwnio. Eisteddodd. A gwrando. Dim. Dydd. Golau dydd. Pa ddydd? Gwelodd gloc y DVD yn ceisio rhoi gwybod iddo. Culhaodd ei lygaid i geisio gweld yn well heb orfod codi ato. Wyth. Wyth. Ni olygai ddim. Tawelwch. Neb.

Trodd ei ben poenus i weld y chwydfa o bapurau a manbetheuach o'r droriau dros y llawr. Nodyn!

Pa ots? Eisteddodd. Doedd 'na neb.

Hyd yn oed pan ddaeth ysfa drosto i ollwng dŵr, ni symudodd. Teimlodd y gwlybaniaeth yn staenio'r soffa oddi tano. Pa ots? Soffa'r banc oedd hi. Gwthiodd fymryn yn galetach i wacáu'r diferyn olaf o'i bledren.

Fel y gwthiodd ei hedyn olaf i dwll Marian – pryd? Echnos?

'Y mai i, Marian…

Roedd hi wedi bod mor barod â fo unwaith y dechreuodd pethau boethi. Roedd hi wedi gafael yn ei bidlan bron-yn-barod ac wedi rhoi'r brestiau oedd yn eiddo i'w chariad iddo fo heb oedi fawr ddim. Mynd yno i ddweud wrthi na allai dalu'r cyflog a oedd yn ddyledus iddi ers tri mis a wnaethai, dim ond hynny, ond roedd y drefn wedi drysu rhwng pob dim, a'r ffwc gysur na fwriadodd ei rhoi wedi dod cyn y newyddion drwg.

Wyneb yng nghont â hi, mi ddywedodd o wrthi fod y garej ar ben. Mi sychodd ei ludiogrwydd oddi ar ei bidlan a fel'na.

Jyst fel'na. Mi ddywedodd o wrthi, ar ôl ei chael hi, nad oedd pwynt iddi ddod i'w gwaith fory, ei ysgrifenyddes fach ufudd o. Mi sbeliodd y cwbwl allan iddi – y banc, y dyledion, ei wneud yn fethdalwr (sut buodd hi mor ddiawledig o dwp â methu gweld hyn yn digwydd?) – fel pe bai o'n siarad am y tywydd. Mi chwydodd y cyfan wrth Marian, i Marian, fel na allodd wrth neb.

Gallai feio'r wisgi, ond roedd o newydd berfformio. Hon, na olygai ddim iddo, dim ond ei bod hi'n werth y byd hefyd yn y garej, ei gwên deg drwy'r llythyrau garwaf a gelai oddi wrthi, ei pharodrwydd llawen i weithio'n hwyr, ei gwedd deg, ei gwên deg, yn gwgu rŵan, yn gweddnewid, yn gwegian, yn igian ar ei gwely lle roedd o newydd ei chael hi.

Dim ond crio a wnaeth Marian, damia hi. Pe bai hi wedi'i alw'r hyn yr haeddai gael ei alw, efallai na fyddai'n teimlo'n gymaint o lwmp o gachu rŵan, yn ei ddŵr ar y soffa ledr. (Ddim 'y mai i oedd o, Mam!)

Cododd Eifion ar ei eistedd yn ei biso, gan hiraethu am ei bont.

Ymhen hir a hwyr (ni thrafferthodd ddarllen y cloc ar y DVD) cododd a sychu'r soffa â chlustog. Gwnaeth iddo'i hun dynnu ei ddillad a chamu i'r gawod.

O dan y dŵr, sylweddolodd nad oedd neb yn dod, neb fawr tristach ar ôl darllen y nodyn, dim Fiona, dim Dwynwen, dim Cefni. Neb. Rhôi hynny rywfaint o ryddhad iddo. Doedd o ddim yn haeddu neb i boeni gronyn, neb i chwysu atom dros ei golli. Roedd o wedi neidio oddi ar y bont i'w ddifodiant, a neb yn gofidio dim. Da iawn.

Sychodd ei hun, a gwisgo dillad glân.

'Y mai i i gyd, Marian.

Brwsiodd ei ddannedd, a phoeri'n siarp. Clywodd sŵn drws car yn cau'n glep y tu allan a sŵn traed ar y graean.

Fiona.

Rhedodd i lawr y grisiau i agor y drws cyn iddi hi ei gyrraedd. Roedd o am iddi weld ei fod o'n fyw, nad oedd angen iddi boeni, nad oedd dim na ellid ei ddatrys drwy iddyn nhw eu dau siarad yn iawn â'i gilydd am unwaith.

Agorodd Eifion y drws a rhythu'n flin ar y plismon a safai yno am feiddio bod yn rhywun heblaw Fiona. Ceisiodd y plismon glirio'i ddryswch.

'Rydan ni wedi dod o hyd i gar ym Mhorthaethwy. Eich car chi...?'

Daliai Eifion i rythu'n gegagored arno.

'BMW glas?'

Rhan Dau

16

Ni wyddai fod ganddi un cyn heddiw

'BE TI'N NEUD 'ma?'

Pe bai hi'n poeni mwy amdano, byddai wedi yngan y cwestiwn yn ffyrnicach, meddyliodd Eifion, ond roedd llais Dwynwen yn ddistaw, er yn amlwg yn ddiamynedd, fel pe bai hi'n ei ofyn i ddarn o faw a oedd wedi glynu wrth waelod ei sawdl.

'Ydi dy fam yma?'

Gwnaeth Dwynwen le iddo fynd i mewn i'r fflat heibio iddi, er nad atebodd ei gwestiwn.

Edrychodd Eifion o'i gwmpas ar yr ystafell a oedd yn lolfa a chegin i Dwynwen a'r Goth. Fe'i trawyd gan y ffaith nad oedd o'n nabod dim byd ynddi – fyddai o ddim yn nabod y celfi, wrth gwrs, ond byddai disgwyl iddo fod wedi nabod rhywbeth: dillad, llestri, clustogau, posteri. Ond atgoffodd ei hun nad oedd o wir wedi bod yn gyfarwydd ag ystafell Dwynwen gartref cyn y deuddydd neu dri diwethaf. Edrychodd ar Dwynwen fel pe bai am wneud yn siŵr mai ei ferch o oedd hi.

'Wedi taro i'r siop,' meddai hithau. 'Fydd hi'n ôl yn munud.'

Rhoddodd hynny sicrwydd i Eifion mai yma roedd Fiona'n aros rŵan, ac nid yn rhywle arall efo Derek – go brin y gallai fynd â hi i'w dŷ a gwraig ganddo yn y fan honno. Rhaid mai fan hyn y byddai'r ddau'n cyfarfod, gan dynnu Dwynwen i mewn yn rhan o'u cynllwyn.

'Ti'n iawn?' holodd Eifion, gan anadlu anadl fach o ryddhad ei bod hi wedi gadael iddo ddod i mewn. Y tro diwethaf y gwelsai o hi roedd o'n gweiddi ar ei mam, yn gwneud mwy na gweiddi ar ei mam…

Wnaeth hi ddim ateb ei gwestiwn, dim ond troi oddi wrtho. Teimlai Eifion rywfaint o ryddhad nad oedd unrhyw olwg o'r Goth, ond sylweddolodd fod rhan ohono eisiau cael cyfle i siarad yn gall am unwaith efo hwnnw hefyd, neu o leiaf i ddangos i Dwynwen ei fod o'n gallu, ac yn awyddus i siarad yn gall ag o. Un broblem oedd nad oedd o'n cofio beth oedd enw iawn y Goth, felly doedd hi ddim yn hawdd iawn iddo holi Dwynwen sut roedd o.

Symudodd ei bwysau o'r naill droed i'r llall, yn ymwybodol fod Dwynwen yn teimlo'r un mor anghyffyrddus ynglŷn â'i bresenoldeb yn y fflat ag yr oedd yntau. Roedd hi'n amlwg nad oedd hi'n mynd i'w wahodd i eistedd. Daeth ysfa drosto i fynd ati a gafael amdani, i'w chofleidio yn ei freichiau, ei gwasgu'n dynn, fel pe bai hi'n fabi bach unwaith eto a holl flynyddoedd ei magu a'i thyfu i fod y ddynes hon a safai o'i flaen eto i ddod i'r ddau ohonyn nhw.

Ers tri diwrnod, bu'n cerdded drwy uffern ar ôl iddo daflu gweddill y wisgi a chloi ei hun yn y tŷ rhag i'w draed ei gario i siop i brynu mwy. Mi fyddai'n llwyddo y tro hwn. Fyddai o ddim wedi dod yma heblaw ei fod o'n credu hynny. Roedd o wedi gaddo i'r plismon y byddai'n symud y car, a chymerodd ddiwrnod cyfan iddo sobri digon i allu mentro gwneud hynny. Aeth ar y bws i Borthaethwy a gyrru'r car yn ôl i'r garej, lle câi ychwanegu at fantolen y banc. Wedyn, aeth adref i ddisgwyl cael ei hel o'r fan honno hefyd.

Clywodd sŵn goriad yng nghlo drws y fflat a daeth Fiona i mewn.

'Dim ond bara brown oedd…'

Wnaeth hi ddim ymdrech i guddio'i syndod. Oedd hi wedi meddwl ei fod o wedi rhoi diwedd arno fo'i hun? Ai syfrdandod felly ei fod o'n dal yn fyw oedd wedi'i baentio ar ei hwyneb?

Am hanner eiliad yn unig y parhaodd ei syndod o'i weld. Yr eiliad nesaf, roedd hi wedi'i reoli.

'Be ti'n neud 'ma?' holodd yn ddi-fflach, yn yr un llais yn union, bron, â hwnnw roedd Dwynwen wedi'i ddefnyddio gynnau.

'Siarad,' meddai Eifion gan na wyddai beth arall i'w ddweud.

'Tshênj,' ebychodd Dwynwen. 'O't ti'm isio siarad tro dwytha, 'mond iwsio dy ddyrna.'

'Ymddiheuro 'ta,' meddai Eifion wedyn, er y gwyddai'n iawn pa mor wamal roedd hynny'n swnio. Baw isa'r domen oedd dynion fyddai'n pwnio a dweud sori am yn ail, neu dyna roedd o'n arfer ei feddwl cyn iddo fynd yn un o'r dynion hynny ei hun. 'Neith o byth ddigwydd eto.'

'Dos o 'ma,' meddai Fiona, unwaith eto'n fwy diamynedd na blin, fel pe na bai'n werth iddi golli ei thymer ag o hyd yn oed.

Teimlai Eifion ei fod yn colli rheolaeth ar ei fywyd unwaith eto, yn cael ei hel oddi yno, heb gael cyfle i gymodi. Ond yn lle cymodi, yn ei banig, trodd yn ymosodol:

'Ofn i Derek-Foel alw wyt ti?' meddai, a chystwyo'i hun yr un pryd am ei ddweud. Ond roedd o'n haeddu mwy o ymateb na'r hyn roedd o'n ei gael gan y ddwy. Haeddai rywfaint o emosiwn.

Dim ond tytian ac ysgwyd ei phen arno wnaeth Fiona, heb wastraffu ei hanadl yn dweud wrtho am beidio â bod mor anaeddfed.

Cofiodd Eifion nad dod yma i hollti blew wnaeth o, ond dod yma i gyfaddef ei fethiant. Ei holl flynyddoedd o fethiant.

Anadlodd yn ddwfn i geisio adfer rheolaeth arno fo'i hun a'i dafod.

'Ma'r garej yn mynd i ddwylo'r derbynwyr dydd… Sadwrn? Pa ddiwrnod ydi hi fory? Ydi paraseits yn gweithio ar ddydd Sadwrn? Y degfed, p'run bynnag.'

'A'r tŷ?'

Roedd o wedi llwyddo i gael ei sylw hi o'r diwedd. Roedd hi wedi gollwng y bagiau siopa ar lawr, ac roedd dychryn yn llenwi ei llygaid.

'Mi gredis i fod y banc eisoes wedi mynd â'r tŷ wthnos dwetha, y dwrnod ddudodd Dwynwen am…' Stopiodd Eifion wrth fethu rhoi geiriau i'r datgeliad uffernol am frad Fiona.

'Y dwrnod ddyrnist ti fi,' meddai Fiona. 'Ond…?'

Oedodd Eifion. Roedd ei glywed ganddi'n teimlo fel slap ar draws ei wyneb yntau.

'Ond?' holodd Fiona eto.

'Ond ma'n edrych yn debyg mai'r un dwrnod – dydd Sadwrn – y bydd y tŷ'n mynd yn ôl yn eiddo i'r banc hefyd. Fi oedd wedi drysu. Es i drw'r llythyra ddoe. Taclusach felly, ma'n siŵr. Y garej a'r tŷ hefo'i gilydd. Twt neis. Felly gweli di'r bancia. Trefnus hyd yn oed wrth gachu ar dy ben di.'

Dyna ni. Synnai Eifion pa mor hawdd oedd hi wedi bod yn y diwedd i gyfaddef ei fethiant llwyr. Roedd Fiona'n fud. Roedd o wedi hanner disgwyl sterics, ond chafodd o ddim byd ond tawelwch. Cododd Fiona'r bagiau siopa a dechrau cadw'r neges.

'Oxfam fydd hi arna chdi am ddillad o hyn allan.'

Ar ôl ei chael hi mor anodd cyfaddef y gwir dros y misoedd diwethaf, roedd o wedi dechrau magu blas at droi'r gyllell yn rhyfeddol o sydyn.

'Mi fyddan nhw'n cymyd y cyfan.'

'Ma hi 'di mynd 'ta,' meddai Fiona'n ddistaw. 'Dy fistras

di. Wedi'i hel i ffwrdd.' Edrychodd ar wyneb diddeall Eifion. 'Y garej.'

'Fiona, ti'm yn dallt? Does 'na'm byd ar ôl. Popeth ydw i, popeth o'n i, dwi 'di golli fo i gyd.'

'Be 'nei di?' gofynnodd Fiona, a thrawyd ef gan don arall o ddiflastod. Nid 'Be nawn ni?'. Roedd o'n gwybod mai felly fyddai hi, ond roedd 'na lygedyn bach o obaith creulon wedi llechu yng ngwaelodion ei fol pan gyrhaeddodd y fflat a Dwynwen yn gadael iddo ddod i mewn – a dyna fo rŵan wedi'i ddryllio gan dri gair oddi ar ei gwefusau.

Camodd Dwynwen at ei mam a gafael ynddi. Mewn bywyd gwahanol, mewn amgylchiadau gwahanol, byddai'r olygfa wedi'i lenwi â theimladau cariadus. Teimlai Eifion ar ei ben ei hun yn llwyr.

Wedyn, ar ôl eiliadau, tynnodd Fiona'n rhydd o freichiau ei merch.

'Mi a' i i chwilio am fflat,' meddai Eifion.

'Mi fydd raid i chdi,' meddai Fiona. 'Does 'na ddim lle i chdi'n fa'ma, os mai dyna pam wyt ti yma.'

Ysgydwodd Eifion ei ben.

'A mi fysa'n syniad i chdi chwilio am waith,' meddai Fiona wedyn, ychydig yn fwy cymodlon. 'Ma 'na ddigon o alw am fecanics cystal â chdi.'

Mi gymerai oesoedd o weithio fel mecanic iddo allu fforddio prynu'r cyfan 'nôl iddi, daliodd ei hun yn meddwl, cyn cofio nad fo oedd piau'r pleser o brynu iddi bellach.

'Wedyn…?' methodd Eifion beidio â gofyn.

Ni fu'n rhaid i Fiona ateb. Daeth cnoc ar ddrws y fflat. Y Goth yn ei ôl, meddyliodd Eifion, a pharatoi i adael wrth i Dwynwen fynd i agor y drws: prin fod lle i bedwar oedolyn a thri bag Tesco hanner llawn yn yr ystafell fach.

Adnabu Eifion lais Derek-Foel yr un fili-eiliad â Fiona.

Aeth ei llygaid hi'n fawr fel soseri wrth iddi fethu cuddio'i braw.

Ceisiodd Dwynwen sefyll o'i flaen i rwystro Derek rhag dod i mewn ond roedd o i mewn bron wrth i'r drws gael ei agor, a nunlle i guddio. Ac roedd ei lais o wedi cyrraedd i mewn o'i flaen o beth bynnag.

''Di dŵad â hwn...' dechreuodd, a synnu wrth weld Eifion. 'Eifion, 'chan!' Rhoddodd chwerthiniad bach anghyffyrddus. 'Sut wyt ti, mêt? Ti'n ocê?'

Er nad oedd hyn ond cadarnhad o'r oll roedd o'n ei wybod yn barod, llithrodd rhywbeth y tu mewn i Eifion.

Yna, gwelodd fod gan Derek amlen yn ei law – ei amlen o, a'i nodyn o ynddi.

Ceisiodd roi trefn ar ddryswch ei feddwl – ai poeni bod Derek-Foel wedi gweld ei nodyn hunanladdiad ddylai o ei wneud gyntaf, ynteu poeni bod Fiona ar fin ei ddarllen? Ond eto, onid y man cywir i ddechrau poeni oedd wrth ei draed, gyda'r ffaith fod Derek-Foel, y boi oedd wedi bachu'i wraig o, yn sefyll o'i flaen yr eiliad hon rŵan ac Eifion yn sefyll fel llo heb godi dwrn, yn gadael i Derek fod, yn gadael iddo anadlu, yn gadael iddo fyw...?

Estynnodd Derek ei law a tharo Eifion ar ei ysgwydd yn gyfeillgar.

'Clwad fod petha'm yn wych arna chdi, 'chan. Mi ddown nhw eto, cofia, mi ddaw eto haul ar fryn, ac os oes rwbath fedra i neud i dy helpu di.'

Ceisiodd Eifion feddwl am ateb addas, a methu'n lân â gwybod lle i ddechrau. Roedd o eisiau rhoi dwrn iddo ond yn lle hynny, clywodd ei lais ei hun yn diolch i Derek am ei gydymdeimlad. Go brin bod lle i'w golbio yn y fflat heb dynnu byd Dwynwen yn fwy chwilfriw o gwmpas ei thraed nag oedd o'n barod. Gallai ofyn i Derek gamu tu allan fel y bydden nhw'n ei wneud ar y teledu, a'i bledu ar y stryd, neu drio'i bledu ar y stryd, cyn i Derek-Foel sylweddoli beth oedd yn digwydd a lladd Eifion ag un dwrn caled wedi'i anelu'n gywir.

Sylweddolodd Eifion ei fod o'n ormod o gachgi i roi dwrn i Derek-Foel, ac roedd sylweddoli hynny, o dan yr amgylchiadau, bron mor boenus â cholli ei fusnes.

'Dy sgrifen di ydi hon.'

Edrychodd Fiona ar Eifion ar ôl edrych ar y 'Fiona', wedyn cyfeiriad Foel (mewn ysgrifen anniben, feddw) ar yr amlen. Hyd yn oed yn ei feddwdod eithaf, roedd o wedi llwyddo i ddod o hyd i stamp.

'Dyna feddylis inna hefyd,' meddai Derek-Foel. 'Cofio bo chdi'n mynnu sgwennu "a" yn 'rysgol fatha ma merchaid yn sgwennu "a".'

Chwarddodd Derek-Foel am ben ei glyfrwch ei hun, a chofiodd Fiona pa mor fregus oedd y sefyllfa.

'Derek,' meddai'n nerfus. 'Diolch am hwn. Ella 'sa well i ti fynd.'

'O! O... ia, siŵr... neith hi beint rwbryd,' meddai'r llo dros ei ysgwydd wrth Eifion wedi iddo sylweddoli drwy drwch o dwpdra fod yna beth mwdril o ddryswch teuluol, ariannol a beth-bynnag-arall-ol nad oedd unrhyw le iddo fo ynddo.

Paid â'i hagor hi. Ceisiodd Eifion ganolbwyntio ar yr amlen yn llaw Fiona fel pe bai digon o ewyllys yn mynd i'w rhwystro rhag gwneud hynny. Hynny gyntaf – câi holl ach Derek-Foel aros.

Diflannodd Derek drwy'r drws.

Faint mae o'n wybod, meddyliodd Eifion. Mae'n amlwg ei fod o'n gwybod 'mod i wedi colli'r garej – siŵr o fod wrth 'i fodd! – neu fysa fo ddim wedi cydymdeimlo, y cythraul dauwynebog, a chynnig ei help.

Oedd o'n gwybod hefyd am amheuon Eifion? Oedd o'n

gwybod bod Eifion yn amau, yn gwybod, ei fod o'n chwarae o gwmpas hefo Fiona? Oedd, siŵr. Yn Foel y glaniodd y nodyn wedi'r cyfan.

Caeodd Dwynwen y drws ar ei ôl. Llamodd Eifion at y nodyn yn llaw Fiona i geisio'i fachu ganddi, ond roedd Fiona'n rhy sydyn iddo.

'Noson o' blaen sgwennis i fo, yn 'y meddwdod, o'n i'n feddw gaib, do'n i'm yn 'i feddwl o, ty'd â fo yma.'

Roedd Fiona'n dal y nodyn yn dynn at ei bron ag un llaw, a'i llaw arall hefyd yn ei warchod rhag Eifion.

'Paid cyffwrdd ynddi,' saethodd llais Dwynwen o gyfeiriad y drws, gan feddwl bod ei thad am frifo'i mam eto – neu o leiaf wneud ati ei bod hi'n meddwl hynny.

Ond wnaeth Eifion ddim cymryd sylw ohoni. Ceisiodd agor bysedd Fiona, oedd wedi'u cau'n dynn am yr amlen.

Roedd Dwynwen yn ei daro ac yn ailadrodd 'Paid cyffwrdd ynddi' ac, yn y diwedd, gollyngodd Eifion Fiona'n rhydd heb ddeall pam roedd Dwynwen yn gwneud ati i'r fath raddau, fel pe bai o'n fygythiad go iawn i'w mam.

Iawn. I'r diawl, meddyliodd Eifion a disgyn i'r gadair, gan guddio'i wyneb.

Ei boen fwyaf oedd na chofiai'n iawn beth roedd o wedi'i ysgrifennu yn y nodyn. Clywodd Fiona'n rhwygo'r amlen a'i hagor.

'Cythral gwirion,' ebychodd Fiona'n ddistaw ymhen oes.

Sylweddolodd Eifion fod Dwynwen hefyd yn darllen y nodyn dros ysgwydd ei mam.

'Dwi'm yn cofio be sgwennis i.'

Darllenodd Fiona, gan fethu cuddio'r gwawd yn ei llais:

'"Paid dod i chwilio amdana fi. Dwi wedi mynd. Mae hi'n well ffordd yma." Pa ffordd?' holodd Fiona gan edrych arno. 'Gwell i bwy?'

'I bawb,' meddai Eifion. 'Neu felly o'n i'n teimlo…'

'Mynd i le?' holodd Dwynwen.

'Es i ddim,' meddai Eifion.

'Amlwg braidd,' meddai Fiona'n dawel.

Un eisiau mwy o eglurhad, ond yn methu gofyn, a'r llall ddim eisiau egluro'i fethiant. Doedd yr un o'r ddau am agor y drws ar bethau na ellid eu dad-drafod. Pe gallai ei hargyhoeddi hi mai mynd i ffwrdd a dianc yn fod byw i fywyd arall oedd ei fwriad pan ysgrifennodd y nodyn, gallai adfer peth o'i falchder ('Llynca hwnnw,' meddai Dewi), gallai osgoi wynebu ei difaterwch hi – ugain mlynedd o'i difaterwch materol hi. Gallai roi i'r 'mynd' ryw ystyr na alwai am ddinoethi llwyr, heb orfod mentro i dir rhy ddieithr rhyngddyn nhw, tir na throedion nhw erioed mohono gyda'i gilydd, tir teimladau.

'Dianc,' mentrodd Fiona.

Pam na allai hi adael llonydd i bethau? Derbyn yr hyn oedd yn y nodyn fel mwydro dyn meddw yn lle ceisio tynnu mwy allan o'i berfedd. Tynnu'r stwffin i gyd a'i adael yn byped llipa, gwag.

'I le?' mynnodd Fiona ddal ati.

'I nunlla,' plediodd Eifion.

'Ffŵl!' poerodd Fiona ato'n flin.

'Y wisgi oedd yn siarad.'

'Y wisgi fuo'n siarad ers blynyddoedd,' meddai Fiona, gan agor drws ynddi hi ei hun.

Eisteddodd, a thaenu ei dwylo dros ei hwyneb. Sylwodd Eifion nad oedd lliw ar ei hewinedd. Bod efo Derek yn draul arni, meddyliodd yn chwerw. Neu a oedd gan y ddau ormod o bethau gwell i'w gwneud i'w gilydd iddi drafferthu eu paentio?

'Pam na 'nest ti ddim?'

Ni ddeallodd Eifion y cwestiwn ar unwaith. Roedd Fiona wedi trechu ei thymer, wedi tawelu. Ni chlywai emosiwn yn ei llais. Tawelodd yntau wrth iddo ddeall yr hyn roedd hi'n ei ofyn a llithrodd ias o oerfel i lawr ei asgwrn cefn.

'Dwi'n mynd i chwilio am fara gwyn,' meddai Dwynwen, gan estyn ei chôt.

Daliodd Eifion ei hun yn diolch bod ganddi ddigon o ffydd yn ei allu i arbed ei ddyrnau bellach i adael ei mam yn ei gwmni ar ei phen ei hun.

Cododd ei ysgwyddau a chyn iddo allu meddwl lle i ddechrau ateb, cododd Fiona ei phen i edrych arno.

'Mynd i neud o o'n achos i oeddat ti?'

Oedd hi'n poeni beth allai fod wedi bod? A sut boeni oedd hwnnw? Poeni eisiau arbed wyneb, eisiau gallu dweud bod 'na bethau eraill wedi'i gymell o, gan ei gadael hi off yr hwc i wynebu'r byd yn ddilychwin, yn weddw druenus ddifrycheulyd y gwnaethpwyd cam â hi, yn 'welwch-chi-fi' fel y gwnaethai erioed? Be welwch chi, dim mwy. Dim iot o ran yn ei benderfyniad creulon o, dalltwch, dim bai, dim barnu. Sbiwch ar y lipstic byrgyndi, bawb – ai wyneb rhywun sy'n byw efo'i chydwybod ydi hwn?

Hynny bach, dim mwy. G'na be t'isio ond paid â gadael i neb 'y meio i. Gallai gytuno: ia! O dy achos di. Am i ti ddewis Derek yn fy lle i. Ei rodd olaf iddi, baich cydwybod, i'w wisgo am ei gwddw weddill ei hoes.

Ond roedd o yma, yn siarad â hi. Rhaid nad oedd hi'n golygu digon iddo yn y diwedd. Gallai wadu – dim byd i'w wneud efo ti, pob dim heblaw ti yrrodd fi at y bont. Dwyt ti'n ddim byd ond cyd-ddigwyddiad, *aside* bach amherthnasol. Doedd dy golli di'n ddim, colli'r gweddill sy'n boenus.

'Ti'n dad, ti'n ŵr. Sut fedrat ti?' Roedd hi'n crefu arno am eglurhad. 'Be ddoth i dy ben di?'

Sylwodd Eifion ar y cryndod yn ei llais, yr ofn yn ei llygaid, a'i chorff gwargrwm yn erfyn arno i esbonio.

'Dy gydwybod di sy'n pigo?' gofynnodd iddi'n oeraidd. Ni wyddai fod ganddi un cyn heddiw.

'Ti'n ŵr i fi ers bron i ugian mlynedd, a ti'm yn nabod fi o gwbwl.'

'Nag'dw, neu fyswn i 'di rhag-weld chdi'n mynd off hefo'r llwdwn Derek 'na.'

'Sawl gwaith fedra i ddeud? Es i ddim off efo fo.'

'Nath o ddim o'i agor o,' ebychodd Eifion wrth sylweddoli nad oedd Derek-Foel yn gwybod ei fod o wedi bwriadu lladd ei hun. Hynny bach, o leiaf.

'Be?' holodd Fiona.

'Derek. Nath o ddim o'i weld o.'

'Ydi o otsh be ma hwnnw 'di weld?!' Roedd Fiona'n dechrau gwylltio.

'Ti sy'n mynd efo fo,' meddai Eifion, fel pe bai'n cael rhyw fwynhad o rwbio halen ar ei friw ei hun.

Daeth Fiona tuag ato, yn corddi. Tasgai diferion oddi ar ei thafod wrth iddi fytheirio. Sychodd ei cheg yn ffyrnig â chefn ei llaw.

'Dyna wyt ti isio i fi ddeud, isio clwad fi'n cyfadda? Isio gwbod bo chdi'n ca'l cam gin Derek, fatha rwyt ti'n ca'l cam gin bawb arall yn y byd erioed. Bechod amdano fo, Eifion bach, y byd i gyd yn 'i erbyn o 'lwch, a'r hen Derek-Foel 'na wedi dwyn 'i wraig o, cofiwch! Fysa chdi'n hapus 'swn i'n deud 'mod i hefo fo?'

Plygodd Fiona i lawr nes bod ei hwyneb bron iawn yn cyffwrdd â'i wyneb o.

'Fysa chdi'n hapus wedyn? W, be 'swn i'n deutha chdi 'mod i 'di symud i Foel, fod Gwenda 'di ca'l hwth gin Derek a mai fi sy acw rŵan? Dduda i un peth wrtha chdi, Eifion, 'sa well gin i

gael byw yn rhwla fatha Foel, fysa Foel yn lycshyri o'i gymharu efo cysgu ar lawr mewn sach gysgu yn fa'ma fatha dwi wedi bod yn neud, felly fysa chdi a finna'n hapus wedyn. Deutha ti be, a' i allan ar ôl Derek rŵan a gofyn iddo fo am stafall.'

'Ma'n amlwg yn gwbod lle rwyt ti,' meddai Eifion, gan deimlo'i waed yn ailddechrau berwi wrth ei chlywed yn meiddio tyngu du yn wyn.

Gallai ddychmygu Derek yn ymestyn ei gorff mawr ar hyd y llawr wrth ei draed yn y fan hon, a Fiona yn fan'na, a Derek yn ei thendio, yn ei throi rhwng ei fysedd, ac esmwytho'r tu mewn i'w llefydd tywyll fel esmwytho arch.

'Ti'n gwbod be wyt ti'n neud, yn dwyt? Llenwi bwlch. Dyna ydi'r nonsens 'ma am Derek-Foel. Ti wedi colli'r garej, rŵan wyt ti angen rwbath i ganolbwyntio arno fo, i ddrysu yn 'i gylch o. Be well na dychmygu affêr rhwng Derek-Foel a fi?'

Rhegodd Eifion dan ei wynt: roedd hi'n anhygoel, yn troi ei chamwedd ei hun yn wallgofrwydd ar ei ran yntau.

'Fuis i rioed yn anffyddlon i ti,' tasgodd Fiona ato.

'Ar fywyd dy blant?' holodd Eifion. 'Dwyt ti rioed wedi bod yn anffyddlon i mi – ar fywyd dy blant.'

Sythodd Fiona fel bollt.

Deud o, Fiona. Tynga. Difarodd Eifion na fyddai wedi aros tan y dôi Dwynwen yn ei hôl i Fiona gael tyngu ar ei bywyd o'i blaen. Neu fethu gwneud hynny.

'Ar fywyd dy blant,' ailadroddodd Eifion.

'Ia!' gwaeddodd Fiona. 'Ar fywyd 'y mhlant!'

Anadlodd Eifion yn ddwfn, fel pe bai rhywbeth yn ei wasgu o'r tu mewn allan. Yn sydyn, sylweddolodd nad oedd ganddo reswm go iawn dros beidio â'i choelio.

Llifodd ton o gydwybod drwy Eifion, gan afael fel llaw am ei gorn gwddw. Cofiodd am Marian. Llyfnder ei chorff ifanc, parodrwydd ei chluniau, ei bol yn ymwthio i groesawu ei goflaid, a'i eiriau o i'w noethni hi, fel chwip. Yn golygu dim, ei eiriau fo iddi na'i ddwylo fo, yn golygu dim.

''Nes i betha twp ar ôl i chdi fynd,' ffrwydrodd y gyffes ohono.

Oedodd Fiona ar groesffordd rhwng holi mwy a pheidio, cyn dweud, ''Nest ti betha twp cyn i fi fynd.'

17

'Mi fydda i'n well!' meddai Eifion yn daer

MAJORCA, IBIZA, MINORCA, ni chofiai ble – yr union ynys Falearig, heb sôn am yr union gyrchfan. Tebyg iawn i'w gilydd oedd pob un ohonyn nhw. Gormod o bobl, dim digon o le. Arllwysiad tymhorol y Saeson, yn bennaf, o'u dinasoedd gorboblog i'r traethau gorboblog. Ni wnâi'r pennau-sbectol-dywyll ond cadarnhau'r ddelwedd o forgrug mewn bicinis. A'r Cymry bach yn dilyn, am mai dyma'r math o wyliau sy'n denu Saeson y dinasoedd; y Cymry bach o'u pentrefi a chefn gwlad, am mai dyma yw gwyliau go iawn, nid golygfeydd a harddwch naturiol a llonydd a seibiant a thawelwch a mwynhad. Crwyn olewog a sŵn curiad didostur y peiriannau pop yn pwyo, oglau pobl, haul, tywod a môr yn ddigon i ddallu neu ffrwydro'r pen.

Cafwyd sawl gwyliau o'r fath dan orchymyn Fiona. Llwyddai Eifion i gau ei deulu rhagddo ef a'i waith am hanner cant o wythnosau bob blwyddyn, ond roedd Fiona'n benderfynol o gael ei gwyliau bob haf. A bob haf, byddai Eifion yn glanio yn yr un math o gyrchfan ac yn beirniadu pob agwedd ar drefniant y gwyliau, yn bytheirio ar y rhai – yr un – a'i tynnodd i'r fath uffern ar y ddaear. A byddai Fiona wedyn yn dadlau y gallai ef fod wedi dewis rhywle arall i fynd. Dim ond gair o ddiddordeb yn y mater oedd ei angen ar ei ran, a byddai hi wedi trefnu gwyliau gwahanol, un a fyddai'n llwyr at ei ddant. Doedd Fiona, fwy nag Eifion, ddim yn credu bod y fath wyliau'n bosib, ond yn sicr, byddai gair, dim ond gair, o du Eifion wedi gofalu nad un o draethau Môr y Canoldir fyddai hi eleni.

Fel hyn, bob blwyddyn. Amrywiaeth bychan iawn yn enw'r gyrchfan, yn yr union leoliad, ond yr un fath bob tro: yr un olygfa draethog, swnllyd a'r un dadlau, pigo, dannod am bythefnos gyfan gron.

Dadleuai Fiona mai dyma'r math o wyliau oedd hawsaf i'w drefnu. Doedd dim gwaith meddwl, dim ond gadael i'r siop wyliau wneud y cyfan drostyn nhw a chaent bythefnos o gwmni ei gilydd. Dadleuai Fiona, yn flynyddol, y byddai'n well ganddi hithau hefyd rywle tawelach, llai chwyslyd, ond doedd hi ddim yn gallu darllen meddwl Eifion ynglŷn â lle'n union y byddai'n well ganddo fynd. Câi Dwynwen, a oedd newydd orffen ei blwyddyn gyntaf yn yr ysgol uwchradd, ac ar drothwy glaslencyndod, ei llygad-dynnu gan yr haul a'r môr a'r sŵn cerddoriaeth di-ben-draw, felly tueddai Fiona i fynd am y math o wyliau fyddai'n apelio at yr un a oedd yn barod i leisio barn ar y mater.

Bob blwyddyn âi Eifion drwy'r un rigmarôl o geisio gwrthod, dweud bod ganddo ormod o waith, eled nhw ill tri neu ill dwy, fyddai dim ots ganddo fo. Ond ar hyn, roedd Fiona'n sowldiwr, yn y dyddiau cyn iddi golli unrhyw lais yn nhreigl bywyd Eifion. Roedd pawb arall yn cael gwyliau, felly rhaid oedd iddyn nhw wneud yr un fath. Cyd-fyw, cyd-ddioddef cwmni rhy agos ei gilydd am bythefnos mewn apartment cyfyng dan haul arteithiol er mwyn gallu dweud wrth eraill eu bod wedi bod ar wyliau eto eleni.

Ni chofiai Eifion pa un ai Majorca, Ibiza neu Minorca oedd y tro olaf. Mewn apartment llawer rhy fach. Ers dyddiau, roedd Eifion wedi bod yn ymarfer ei *repertoire* o feirniadaethau a chŵynion am y lle, gan adeiladu at y ffrae fawr y byddai'n rhaid iddi ddigwydd rhwng Eifion a Fiona cyn y gallai'r pedwar fwynhau, os mai dyna'r gair, deuddydd neu dri olaf y gwyliau yn weddol ddi-straen. Ar flwyddyn dda, digwyddai'r ffrae yn fuan yn y gwyliau, fel bod modd cael wythnos, efallai, o ddifaru ar ran Eifion am wylltio, maddeuant ar ran Fiona, rŵan fod y gwaethaf drosodd, a rhyddhau'r tensiwn yn Dwynwen a Deio, a wyddai drwy hir arfer, er mor ifanc oedden nhw, y byddai rhyddid iddyn nhw fwynhau wedi hynny heb ofni dyfodiad y ffrae, a hithau'r tu cefn iddyn nhw. Fel aros am gorwynt a allai chwythu'r tŷ'n ddarnau mân, a'r un o'r ddau â gallu o fath yn y byd i'w ddistewi neu ei ddargyfeirio.

Yn y blynyddoedd di-wyliau-teulu wedyn, daliodd Eifion ei hun yn rhyfeddu droeon at ddycnwch ei blant yn parhau i edrych ymlaen at y gwyliau bob blwyddyn yn yr amser a fu, er gwaethaf prawf empiraidd y blynyddoedd blaenorol bob un, gan ddal i obeithio mai hwn fyddai'r gwyliau hapus, y llwyddiant y caen nhw siarad amdano am flynyddoedd i ddod.

Y tro olaf hwnnw, deuddydd oedd ar ôl o'r gwyliau, ac Eifion wedi dal ati i bigo a lladd ar y lle ac ar Fiona am ddod â nhw yno, ac wedi mynnu ei thynnu hi'n ddarnau. Roedd Dwynwen a Deio yn ddigon hen bellach, yn ddeuddeg ac yn bymtheg oed, i allu cadw'r corwynt rhag ffrwydro am beth amser o leiaf drwy dynnu sylw eu tad oddi ar ei gwyno, neu ddenu eu mam i nofio er mwyn gadael i Eifion wylio'r bocs ('rybish disynnwyr' am na ddeallai Sbaeneg na Chatalaneg). Ond hyn a hyn o ohirio oedd yn bosib ar y storm.

Gwyddai Eifion na allai rwystro'r ffrwydrad oedd yn bendant o ddigwydd rhyngddo a Fiona. Roedd o'n trio'i orau, ond fedrai o ddim peidio dweud faint roedd o'n casáu'r hyn roedd o'n gorfod ei ddioddef bob blwyddyn, a sut na allai Fiona ddeall hynny? Cystwyai ei hun yn flynyddol am ildio i'r drefn, am adael i Fiona ei gadw o dan y fawd ar fater gwyliau. Methai ddeall pam roedd yn cytuno i ddod bob tro, er y gwyddai ei fod yntau, lawn cymaint â Fiona, yn falch o allu dweud wrth ei gymheiriaid busnes a'i weithwyr iddo fod ar wyliau am bythefnos, do, a'r is-destun: rhag ofn eich bod chi'n meddwl na alla i fforddio gwneud hynny.

Efallai ei fod yntau hefyd, rywle yn nyfnder ei fod, yn gobeithio, fel ei blant, mai hon fyddai'r flwyddyn pan fydden nhw'n llwyddo i gyrraedd y pen draw heb ffraeo. Hon fyddai'r flwyddyn y gallen nhw edrych yn ôl arni – drwy sbectol binc – fel yr un a fu'n llwyddiant. Byddai ei berthynas â'i wraig a'i blant gymaint â hynny'n gryfach i'w cynnal am flwyddyn arall tra byddai'n tendio i'w garej.

Gwyddai, er hynny, mai fo oedd y drwg. Fo oedd y pigwr beiau, y pry yn twrio drwy'r cnawd. Fo oedd yn methu rhoi cwlwm ar ei dafod a phob gair o'i eiddo, er ei waethaf, yn cynyddu'r tensiwn, yn arwain yn agosach at y ffrae fawr anorfod pan fyddai Fiona, wedi dyddiau ohono'n bwyta drwy ei hymennydd, yn methu troi'r foch arall rhagor, yn methu ymatal rhag ymroi i'r frwydr chwerw a ddilynai rhyngddyn nhw.

A digwyddodd yr anorfod. Ni chofiai Eifion lle roedd Dwynwen a Deio pan oedd o a Fiona yn lladd ar ei gilydd ar dop eu lleisiau yn yr apartment. Doedden nhw ddim yn yr ystafell lle roedd y teledu, am mai dyna lle roedd o a Fiona, felly rhaid mai yn eu llofftydd roedden nhw, yn gorwedd ar y gwelyau a'u bysedd yn eu clustiau.

Wedyn, doedden nhw ddim yno. Pan ostegodd y gweiddi a'r poeri a'r edliw ymhen awr dda, doedd dim golwg o Dwynwen na Deio. Roedd Fiona'n sychu ei thrwyn ar ôl crio a'r geiriau y galwodd Eifion hi'n dal i ganu'n glir yn ei phen fel bob tro arall, a'r geiriau roedd hi wedi galw Eifion heb eu hanghofio. Ond roedd o wedi ymlâdd, wedi cael y bustl allan, a theimlai, os rhywbeth, yn well. Roedd wedi llwyddo i ysgarthu'r holl gasineb oedd ynddo at bob agwedd ar eu gwyliau, ac at Fiona am ei fynnu a'i drefnu. Doedd dim ar ôl ond derbyn mai dim ond deuddydd ohono oedd yn weddill iddo'i ddioddef: o wybod hynny, gallai fwynhau'r deuddydd hynny. Roedd o wedi dweud ei soris arferol am bigo beiau, a hithau wedi'u derbyn drwy ei dagrau. Rhoddodd goflaid fach beiriannol iddi a chydnabod ei bod hi'n gwneud ei gorau drostyn nhw, ac mai fo, mae'n siŵr, oedd yn od. Cusanodd hi ar ei thalcen a gofyn am gael – neu ddweud wrthi – 'anghofio fo rŵan'. Yna aeth Fiona i'w llofft i olchi'r olion dagrau drwy ei cholur a gosod haen arall yn lle'r hen un. Yno y sylweddolodd hi mai dim ond nhw ill dau oedd yn yr apartment.

'Wrth y pwll, siŵr o fod,' meddai Eifion gan afael yn y nofel dditectif roedd o wedi'i chario yno o Gymru a heb eto ddarllen tudalen lawn ohoni. 'Dos di atyn nhw, well gin i ddarllan yn fa'ma.'

Yn ei hôl y daeth Fiona ymhen rhai munudau, wedi methu dod o hyd i Dwynwen na Deio.

'Sylwist ti arnyn nhw'n mynd?' gofynnodd, yn amlwg yn dechrau cynhyrfu.

'Naddo,' meddai Eifion heb godi'i ben o'i lyfr, er nad oedd o'n darllen gair. 'Ella'u bod nhw wedi mynd am dro i'r dre.'

'Deuddeg ydi Dwynwen,' meddai Fiona'n boenus, a theimlodd yntau ei bod hi'n ei feirniadu am beidio deall hynny, er ei fod o'n deall yn iawn.

'Ia,' meddai Eifion yn ffug-amyneddgar, 'a Deio'n bymtheg. Dwi *yn* gwbod, yli. A dwi'n gwbod hefyd fod Deio'n ddigon hen i edrych ar 'i hôl hi. Fyddan nhw'n 'u hola amsar swpar, gei di weld.'

Roedden nhw yn eu holau ymhen yr awr, ond nid cyn i Fiona fygwth y cadoediad rhyngddyn nhw drwy boeni'n swnllyd a'i gorddi fo â chwestiynau diddiwedd na allai Eifion mo'u hateb.

Wedi bod yn y dre, meddai Deio, gan synnu at bryder ei fam. Rhaid nad oedd eu ffraeo wedi para cyhyd â'r hyn yr arferai wneud, meddyliodd Eifion, os oedd Deio wedi rhoi dwyawr i'r storm ostegu a'r storm ddim ond wedi para awr.

'Be sgin ti yn y bag 'na?' holodd Fiona wrth weld bag papur bychan yn llaw ei mab.

'Llyfr,' meddai Deio a dangos copi o *Work Your Way Around the World* iddi.

'Dyna t'isio neud?' holodd Fiona gan geisio cuddio gwên. 'Braidd yn ifanc wyt ti eto.'

''Sa reitiach i ti roi dy ben i lawr a gweithio adra,' meddai Eifion gan gynnau'r set deledu. 'Cychwyn gyrfa a sticio ati, fatha dwi 'di neud.'

Wnaeth Deio ddim dadlau. Gofynnodd Fiona i Dwynwen a gawsai hi rywbeth ac ysgydwodd honno'i phen – naddo – cyn mynd i'w llofft i benderfynu beth i'w wisgo i swper.

Ddeuddydd wedyn roedden nhw yn y maes awyr yn disgwyl eu hawyren adref.

Doedd fawr o siâp ar Dwynwen. Lled-orweddai ar y seddi yn y man aros ac roedd ei hwyneb yn goch.

'Yr haul,' meddai Eifion pan dynnodd Fiona ei sylw at liw wyneb Dwynwen.

'Brown fydd hi'n mynd yn yr haul,' meddai Fiona. 'Ti'n iawn, Dwyns?'

Mwmiodd Dwynwen fod ganddi gur yn ei phen. Pwysodd Fiona drosodd i roi ei llaw ar ei thalcen a thynnodd hi'n ôl braidd yn ofidus i gadarnhau bod ei gwres hi'n uchel.

'Ti 'di dal rwbath,' meddai Fiona. 'Ffliw neu rwbath.' Syllodd ar ei merch yn boenus braidd.

'Lwcus mai adra 'dan ni'n mynd felly,' meddai Eifion.

Aeth at Dwynwen, a'i chodi fymryn fel ei bod hi'n pwyso arno. Roedd hi'n boeth. Aeth Fiona i chwilio am dabledi iddi.

Ar yr awyren, hepian rhwng cwsg ac effro wnaeth Dwynwen, a'r un fath yn y car ar y ffordd adref o Fanceinion. Gwnaeth Fiona'n siŵr ei bod hi'n mynd yn syth i'w gwely ar ôl cyrraedd adref, a dywedodd y byddai'n ffonio'r doctor yn y bore, 'rhag ofn'. Roedd Dwynwen wedi styrio digon ar ôl cyrraedd adref i ddringo'r grisiau'n boenus a thynnu ei dillad ei hun i fynd o dan y dwfe, rhesymodd Fiona, felly doedd dim byd mawr yn bod arni, mae'n rhaid.

Roedd Fiona wedi mynd i fyny, gyda'r bwriad o gael noson gynnar wedi'r daith, pan glywodd Eifion hi'n gweiddi arno o ben y grisiau. Aeth i fyny ati. Roedd Fiona'n crynu.

'Dydi hi'm yn deffro!' gwichiodd, gan redeg yn ôl i ystafell Dwynwen. 'Eifion! Dydi hi'm yn deffro!'

Roedd yr hyn roedd Fiona'n ei ddweud yn codi mwy o arswyd ar Eifion na'r panig yn llais ei wraig.

'Ffonia ambiwlans!'

Daeth Deio i'r golwg o'i ystafell, yn amlwg wedi cael ei ddeffro o drwmgwsg. Eglurodd Eifion wrtho gan ddeialu ar y ffôn, a Fiona'n dal i alw enw Dwynwen, bron â mynd o'i cho.

'Be sy'n bod arni?' holodd Deio a'i lygaid yn fawr o dan ei wallt blêr.

'Be wn i?!' brathodd Eifion yn ôl a dechrau siarad â phobl yr ambiwlans.

'Dim… dim 'i bol hi?' holodd Deio wedyn a'i wyneb yn wyn. ''I botwm bol hi?'

Rhythodd Eifion arno'n ddiddeall cyn ateb cwestiwn arall gan y ddynes galwadau argyfwng yr ochr arall, a siaradai Saesneg ag o ac yntau'n gorfod cyfieithu ei feddyliau cythryblus fel y gallai hi ddeall.

Wnaeth Deio ddim esbonio, dim ond mynd i mewn i lofft

Dwynwen a gwthio heibio'i fam, a oedd wedi'i cholli hi bellach a'r dagrau'n powlio. Cododd dop pyjamas Dwynwen i'w fam a'i dad gael gweld.

Yno, roedd botwm bol Dwynwen yn un llanast coch o haint llidus, a'r crawn yn ei ganol lle gallen nhw weld tamaid bach iawn o fodrwy yn gwthio allan o'r chwydd hyll o'i chwmpas. Ymwthiai'r cochni dros ei bol bach.

Aed â hi'n syth i'r uned gofal dwys, lle tynnwyd y fodrwy fach a chalon yn hongian wrthi, a golchi'r clwyf. Gwthiwyd syrinjys i'w gwythiennau i geisio clirio'r gwenwyn gwaed, a chysylltwyd monitorau wrthi. Am ddiwrnod, bu'n hofran rhwng byw a marw, a chymerodd ddyddiau wedyn iddi gryfhau digon fel y gallen nhw ei symud hi i ward gyffredin.

Yn ystod y diwrnod cyntaf hunllefus hwnnw, eisteddai Eifion a Fiona gyda hi, yn gafael yn ei llaw hi, ac yn gafael yn ei gilydd. Gan fethu rhwystro'r dagrau, dywedodd Eifion wrth Fiona a Fiona wrth Eifion fwy nag unwaith mai eu bai nhw oedd hyn, mai nhw a'u ffraeo oedd wedi gyrru'r ddau allan o'u ffordd, gan adael i Dwynwen wneud y fath beth gwirion â chael twll yn ei botwm bol gan ddyn ar y stryd.

'Aros di nes daw Deio adra o'r ysgol,' meddai Eifion wedyn, a gwnaeth Fiona iddo addo na fyddai'n beio Deio am hyn.

Dadleuai Eifion y dylai fod wedi'i rhwystro hi rhag gwneud y fath beth, mai ei le fo oedd gwneud hynny, fo, y brawd mawr. Fo oedd yn gyfrifol amdani yn eu habsenoldeb nhw. Ac o fethu gwneud hynny, ei gyfrifoldeb o oedd dweud wrthyn nhw wedyn.

Ond mi wnaeth o ddweud, meddai Fiona. Neithiwr, mi ddywedodd o'n syth. Mi oedd neithiwr yn rhy hwyr, meddai Eifion, yn llawer rhy hwyr, achos sbia lle mae hi rŵan. A dechreuodd grio eto wrth feddwl am golli ei Ddwynwen, ei ferch fach nad oedd o prin wedi dechrau dod i'w nabod hi'n iawn eto. Y ferch fach roedd o'n gwneud bargen â Duw rŵan i'w gwella hi, yn gyfnewid am ei addewid i dreulio mwy o amser yn ei chwmni, yn bod yn dad gwell iddi, i fod yno iddi fel na fu ei dad iddo fo. Dim ond i Dduw ei gwneud hi'n well.

'Dwi'n gaddo bod yn dad gwell,' meddai wrth Fiona hefyd. 'Ac yn ŵr gwell.'

Gwasgodd Fiona ato'n dynn a chrio'i ofn allan o'i berfedd ar ei hysgwydd. Pan ddaeth ato'i hun, clywodd Fiona'n dweud:

'Wnawn ni ddim mynd ar wyliau eto, ddim hefo'n gilydd.'

I glustiau dieithr, byddai'n swnio'n beth rhyfedd i ddau ym mreichiau ei gilydd ei ddweud.

'Mi fydda i'n well!' meddai Eifion yn daer, fel pe bai hi'n amau ei air.

'Byddi, dwi'n gwbod,' meddai Fiona. 'Ond wnawn ni ddim mynd ar wyliau teulu eto 'run fath. Ma'r plant yn mynd yn hŷn ac isio petha gwahanol. Mi awn ni ar wahân, fi efo Dwynwen a ti efo Deio, neu os bydd yn well gen ti beidio mynd o gwbwl…' Gadawodd y frawddeg heb ei gorffen.

Roedd Dwynwen wedi agor ei llygaid.

Pan gyrhaeddodd Eifion adref y noson honno, bedair awr ar hugain wedi i Dwynwen gael ei chludo i'r ysbyty, ac ar ôl gadael Fiona i gysgu'r nos yn y gadair wrth ei gwely, roedd Deio'n eistedd ar y soffa a'i ben yn ei ddwylo. Fedrai Eifion ddim credu iddo fod felly ers iddo gyrraedd adref o'r ysgol, ond roedd o'n amlwg wedi gwneud ei siâr o boeni.

Roedd Fiona wedi'i hel i'r ysgol gan feddwl y gwnâi hynny fwy o les i Deio nag eistedd wrth wely ei chwaer gyda'i rieni, ond roedd hynny ymhell cyn i Dwynwen agor ei llygaid.

Dywedodd Eifion wrtho fod y gwaethaf drosodd. Eisteddodd wedi ymlâdd yn y gadair freichiau a chlywed Deio'n anadlu rhyddhad a drodd yn ddagrau ar amrantiad.

'Sori, Dad,' meddai Deio rhwng hyrddiadau bachgennaidd

o grio a ddôi ohono'n fwy swnllyd wrth iddo geisio'u mygu. 'Ddyliwn i fod wedi deud.'

'Dyliat,' meddai Eifion yn oeraidd, gan wybod ei fod yn fwy llym nag y dylai fod o dan yr amgylchiadau, ond yn methu ymatal. 'Ac mi ddyliat ti fod wedi'i stopio hi rhag neud y fath beth gwallgo.'

'Sori, Dad,' meddai Deio eto.

'Deuddeg oed ydi hi. Dy le di oedd edrych ar 'i hôl hi. Ti 'di'r hyna, lle ro'dd dy synnwyr cyffredin di? Be tasa hi 'di marw? E? Ac mi fedra farw eto, cofia, tydi hi ddim wedi dod drwyddi eto. Be os bysa hynny'n digwydd? Dy fai di fysa fo.'

Ni fedrai atal y llifeiriant geiriau. Roedd o'n gorfod ei gael o allan, waeth pa mor ddidostur roedd o'n swnio, hyd yn oed i'w glustiau ei hun.

'Ti sy fod yn gyfrifol. Ti sy fod â'r synnwyr cyffredin i'w stopio hi rhag neud petha gwirion. Ti sy fod i edrach ar 'i hôl hi. Lle roeddat ti? Be haru ti'n gadael iddi neud y fath beth?'

Roedd o wedi codi ar ei draed ac wedi plygu dros Deio, yn arllwys y geiriau i lawr ato. Gwyddai fod Deio'n disgwyl iddo'i daro.

Yna, gafaelodd Eifion yn y gwallt ar war Deio a thynnu ei ben yn ôl yn siarp fel ei fod o'n gorfod edrych i wyneb ei dad, fodfedd o'i wyneb yntau. Teimlai'r poer yn glanio ar ei groen ac arogl coffi'r ysbyty ar anadl ei dad.

'Ti 'di'r hyna, ti sy fod yn gall a chyfrifol, ti 'di'r hyna, ti 'di'r calla! Dy le di oedd edrych ar 'i hôl hi, ti sy fod i wbod yn well!'

Roedd o'n methu ymbwyllo, yn methu cael gwared yn ddigon cyflym ar y llid a ddôi o rywle dwfn tu mewn iddo.

Ni fu gwyliau teulu arall, er mawr ryddhad i bawb. Aeth Fiona a Dwynwen yn ôl i un o ynysoedd Môr y Canoldir y flwyddyn wedyn, a'r ddwy flynedd ganlynol, nes i Dwynwen ddechrau caru efo'r Goth. Ymhen blwyddyn, aeth Deio ar ei ben ei hun ar wyliau trên yn Ewrop, ac ymhen dwy flynedd wedyn roedd o'n barod i fynd ar ei daith fawr o gwmpas y byd, yn rhyw fudur weithio fan hyn a fan draw, ond yn byw, yn bennaf, ar gerdyn ei dad.

Nes cyrraedd Tokyo.

Ond ni fu Eifion ar wyliau wedi'r gwyliau pan gafodd Dwynwen wenwyn gwaed yn bresant gan dyllwr cnawd yn Majorca, a phan wylltiodd o'n ynfyd â'i fab cyn deall bod deinameg teuluoedd yn wahanol iawn i'w gilydd a bod rhai brodyr mawr yn hynod o gall a chyfrifol, ac eraill nad oedd eu tadau'n eu nabod nhw o gwbwl.

18

Neb 'blaw'r garej, a fedrwn i'm gofyn i honno

'BE 'NEI DI rŵan?' holodd Fiona.

'Dwi'm yn gwbod,' atebodd Eifion yn onest.

'Tshênj,' ochneidiodd Fiona. 'Ti'n llawn plania fel arfar: be 'nei di fory, cau dy hun efo dy garej a dy blania, gadael yr yma a'r 'ŵan, 'mond planio, planio at fory. Fory'r garej.'

'Chlywis i rioed mo'na chdi'n cwyno am y pres, 'mond cymyd.'

'Chlywist ti rioed mo'na i, ffwl stop.'

Trodd Eifion oddi wrthi a dal ei hadlewyrchiad yn ffenest y fflat, a'r diwrnod y tu allan yn dechrau tynnu at ei gilydd. Prin roedd o'n ei nabod hi heb ei cholur. Edrychai'n llai na hi ei hun, yn welwach, yn fwy aneglur, fel pe bai'n gwisgo cwmwl. Llai o ddiffiniad iddi, fel pe bai'r adlewyrchiad yn mynnu dwyn oddi wrthi rannau o'r hyn roedd hi'n arfer bod.

'Tra oeddach chdi yn dy garej a dy ben yn y plania at fory, 'nest ti'm sylwi ar dy heddiw di'n llithro oddi wrtha chdi.'

'Ti'n cyfadda 'ta? Mi 'nest ti lithro oddi wrtha i.'

'Chdi lithrodd!' Roedd Fiona ar erchwyn y gadair a'i llygaid ar dân. 'Methu gweld be oedd gin ti wrth dy draed. Sefyll ar hwnnw er mwyn cyrraedd rwla arall oeddach chdi bob tro. O'n i'n trio deud, ond y cyfan roeddach chdi'n neud oedd claddu dy hun yn ddyfnach yn y busnes ac yn dy wisgi. O'n i'n trio cadw petha i fynd yn y tŷ, cogio bach wrth y plant bod gynnyn nhw ddau riant – "Fydd Dad adra i ddeud nos da wrtha chdi, Deio", "Fydd o hefo ni drw dydd diwrnod Dolig, Dwynwen", ond addewidion gwag o'n i isio'u credu lawn cymaint â nhw oeddan nhw, a nhwytha'n gwbod. Fatha dwrdio "Witsia tan daw Dad adra i fi ga'l deud wrtho fo" a nhwytha'n gwbod na fysa 'na ddim dwrdio. Canmol wedyn 'run fath: "Witsia tan daw Dad adra i fi ga'l deud wrtho fo i ti neud yn dda yn 'rysgol", ond fysa 'na ddim canmol achos fysat ti'n styc yn y garej, neu yn y stydi fan'cw, a dy ben di'n dal yn y garej. Fysat ti ddim yn 'y nghlwad i'n trio deud wrtha chdi rhwng y drws ffrynt a drws y stydi.'

Ond be amdana i, roedd Eifion ar fin dweud, fi oedd yn chwysu drostach chi? Dyma'r drws oedd ar gau iddo ar y bont yn agor o'r diwedd i ddatgelu maint ei aberth diwerth drostyn nhw i gyd – ond roedd Fiona ar ei thraed, wedi codi'i llais.

'Sgin ti ddim syniad faint o'n i'n casáu'r stydi yn y tŷ 'cw. O'n i isio cynna tân ynddi, llosgi'r papura, 'i difa hi, 'i chwalu hi, ond fysa hynny 'mond yn dy gadw di yn y garej. O'n i'n neud ymdrech i gadw petha'n normal, ddim er mwyn pobol erill ond er mwyn Dwynwen a Deio a fi'n hun. Mynd drw fosiwns byw, argyhoeddi fi'n hun mai dyma oedd normal, fod 'na ddim byd gwell, dim byd 'blaw lladd amsar yn siopa ac yn pampro fi'n hun ar ôl gorffan pampro'r tŷ – dwi'n nabod pob modfadd, pob milimetr ohono fo 'sti, dwi 'di llnau pob twll a chornal, 'di 'mestyn yr amsar allan bob dydd rhwng hwfro, dystio, polisio, nes dôi amsar neud bwyd i'r plant. Dwi'n nabod y llwch lawar gwell na dwi'n dy nabod di ers blynyddoedd. Nadist ti i fi ga'l job – "Gadwa i chdi," medda chdi. "I be ei di i slafio am bres pocad a finna'n medru tywallt ffortiwn dy ffordd di?" medda chdi wedyn. Ti'n synnu 'mod i'n pampro? Llenwi'r gwacter oedd o, y gwacter nes dôi'r plant o'r ysgol, a wedyn, pan 'nest ti'n siŵr fod y plant yn dianc o 'ma, y gwacter rhwng deffro'n bora a chysgu'n nos. A ges i ddigon.'

Rhythodd Eifion arni.

'Be 'swn i'n roi i'w ca'l nhw 'nôl o dan 'y nhraed i, yn swnian a ffraeo hefo'i gilydd a hefo fi? O fewn 'y nghyrra'dd i? Ti'm yn gwbod be 'di ofn, yr ofn dwi'n deimlo rŵan bod y plant 'di tyfu'n rhy hen i mi allu eu hamddiffyn nhw. Ti'n dychmygu pob dim, pob un o'r miloedd o bosibiliada drwg sy 'na, pob marwolaeth bosib dan yr haul. Diawl o beth 'di gormod o ddychymyg.'

''Nest ti rioed ddeud.'

'Ddylia bod dim raid deud. Fuo gen i rioed neb i rannu'r gofidia 'na. Peth ofnadwy ydi dymuno gofidia ar rywun, ond weithia, weithia, 'swn i'n licio tasa chdi 'di rhannu rhai o 'ngofidia fi.'

Welais i mohoni'n newid, rhyfeddodd Eifion. Crafu'r wyneb, dyna'r oll wnaeth ein priodas ni erioed.

'A do. Mi es i at Derek,' saethodd ato.

Cyfaddefiad. A'r bitsh newydd dyngu ar fywyd ei phlant.

'Ydi o'n wahanol 'ta?' Teimlai Eifion ei du mewn yn corddi a'i goesau'n gwegian. 'Ydi o'n rhoi sylw i ti hefo'r trimins? Ydi o'n golchi llestri, hwfro, dystio, chwara hefo'r plant? Ydi o'n new man?'

Ni fedrai ddal ei ymysgaroedd rhag troi tu chwith allan.

'Es i ato fo,' meddai Fiona'n dawelach, 'am mai fo oedd dy ffrind di. To'n i'm yn gwbod lle arall i droi. 'Swn i'm haws â throi at 'yn ffrindia fi, neu'n chwaer, tydan nhw ddim yn dy nabod di. Cefni ella, ond bod Caerdydd yn bell, a be bynnag, mi w't ti'n casáu gyts hwnnw.'

Derek-Foel yn ffrind? Y cwdyn uffar hwnnw'n ffrind?

''Nes i fawr o'm byd efo Derek-Foel ers dyddia ysgol,' mwmiodd.

‘Ella ddim, ond pwy arall sy ’na, Eifion? Does ’na neb wedi bod ers i Dave farw, neb ’blaw’r garej, a fedrwn i’m gofyn i honno.’

‘Gofyn be?’

‘Gofyn be i neud hefo chdi.’ Eisteddodd Fiona yn ei hôl, wedi ymlâdd. ‘Gofyn iddo fo sut ’swn i’n medru dy gael di ’nôl.’

Brathodd Eifion ei dafod rhag dadlau.

‘’Nes i’m cysgu hefo fo,’ meddai Fiona. ‘Driais i ddeud hynny wrtha chdi wsnos dwetha pan oeddach chdi’n brysur yn ’yn waldio i. Ond ’nest ti ’mond cau dy glustia. A gneud be ’nest ti.’

Cau clustiau, cau dyrnau. ‘’Nes i rioed godi bys atat ti o’r blaen,’ meddai Eifion yn wan.

‘Naddo,’ cytunodd Fiona. ‘Wsnos dwetha oedd y tro cynta i chdi ddechra ’ngweld i fel rwbath heblaw asset. Tasat ti wedi troi arna i’n gynt, o leia ’swn i’n gwbod ’mod i’n fyw i ti.’

‘’Nest ti’m cysgu efo fo?’ Roedd o’n ysu am ei chlywed hi’n gwadu eto, a dechreuodd wawrio arno ei fod yn ei chredu.

‘Ges i bryd o fwyd efo fo. Ddwywaith. Dim lobstyrs, dwn i’m lle cath Dwynwen hynna. A fuis i yn y Foel ato fo a Gwenda hefo potelaid o win i ddiolch iddo fo am helpu.’

‘Nath o helpu?’

‘Fuodd o’n glust i fi, ac ro’dd hynny’n beth mawr iawn, coelia di fi. Ond mi oeddach chdi’n rhy bell i ffwrdd i neb fedru helpu. Byw a bod, cysgu yn y garej.’

‘Mi oedd ’na lot ar ’y meddwl i.’

Biliau, dyledwyr, cadw pawb rhag dod i wybod am y biliau a’r dyledwyr, cadw’i weithwyr, Marian, Fiona yn y tywyllwch, ceisio dod o hyd i fwlch drwadd cyn bod neb yn dod i wybod, a ’run bwlch i’w gael yn nunlle.

‘Pam na fysat ti wedi’i rannu fo? Driais i dy ga’l di i neud.’

‘Tydi cyfadda methiant ddim yn hawdd.’

‘Ond ddim o’n achos i oeddach chdi’n mynd i neud hyn, naci?’ meddai Fiona’n oeraidd, gan edrych eto ar y nodyn yn ei llaw. ‘Achos y garej. ’Mond y garej sydd â’r gallu i neud i ti feddwl gneud y fath beth.’

Ysgydwodd Eifion ei ben, gan wybod na allai ei hargyhoeddi hi fel arall.

‘Y tŷ, y garej – ma ’na ran ohona i sy wrth ’y modd yn ’u gweld nhw’n mynd,’ meddai Fiona.

Bu’r ddau’n ddistaw am rai munudau.

‘Ti ’di rhoi’r gora i feddwl am ddianc?’ gofynnodd Fiona yn y diwedd.

‘Do,’ meddai Eifion.

‘Sut alla i wbod bo chdi’n deud y gwir?’

‘Dwi’n gaddo,’ meddai Eifion. ‘Ar fywyd ’y mhlant.’

Cododd Eifion a theimlo poen yn ei gyhyrau wrth iddo wneud.

‘Mae ’na rwbath yn wahanol amdana chdi,’ meddai Fiona cyn iddo fynd allan. ‘Be bynnag stopiodd chdi neud be oeddach chdi am neud… dwyt ti ddim yr un un.’

Pwy, nid be, meddyliodd Eifion.

‘Persbectif,’ dechreuodd, heb ymhelaethu.

Trodd ac anelu at y drws. Câi ddweud wrthi eto am Dewi, roedd o’n siŵr o hynny.

‘Eifion…?’ Trodd Fiona ei phen i’w wynebu, heb godi o’r gadair. ‘G’na un peth i chdi dy hun. Dos i weld Cefni.’

19

Mwya ffŵl fi

YN Y GAREJ, y tu ôl i'w desg, roedd Marian, y greadures wirion. Wnaeth hi ddim gwenu pan gerddodd o i mewn, ond be ddiawl oedd hi'n da yno ac yntau wedi ei thrin fel y gwnaeth o... pryd oedd hi? Fel ci'n gwrthod gadael ei feistr. Neu ast lafoeriog.

Ond doedd dim glafoer, dim ond llid.

'Ddois i 'nôl i helpu hefo'r llanast,' meddai, a'i llais fel rhew.

Marian ddieithr.

'I be?' Fedrai Eifion ddim cadw'r wich o'i lais. Câi eraill ddelio â'r llanast.

Teimlai fel pe bai gwifrau trydan wedi'u cysylltu wrth bob un o flew ei gorff, yn saethu poen i bob cell o'i fod. Byddai wisgi wedi lleddfu'r gwayw, ond ers iddo weld Fiona, fedrai o ddim wynebu hwnnw chwaith. Ar ôl siarad â hi, teimlai'n fwy cysurus yn ei groen poenus nag yn y flanced o niwl a gynigiai'r ddiod. Gwyddai fod golwg erchyll arno ac yntau wedi cau ei feddwl ers dyddiau at ymolchi, eillio, cribo gwallt a gwisgo unrhyw beth tebyg i daclus er mwyn canolbwyntio ar y negydd mawr: dim yfed.

'Y lleill,' meddai Marian, a'i wylio fel pe bai'n gwylio diberfeddiad. 'Ma'n nhw isio'u talu. Tri mis. Ddois i mewn i weld be fedrwn i neud iddyn nhw.'

'Fory, mi fydd y derbynwyr yma,' meddai Eifion. 'Gân' nhw weld. Cer adra.'

Gwelodd y lleill, tri ohonyn nhw yn eu dillad eu hunain,

heb drafferthu i wisgo'u hofyrôls, yn hofran yn y drws, yn ei wylio'n gyhuddgar. Sythodd Eifion.

'Dwi ar fai'n 'i gadael hi mor hwyr â hyn yn y dydd yn rhoi gwbod i chi.'

Trodd Marian ei phen. Oeddach chdi newydd wagu dy gwd yn'a i pan roist ti wybod i fi, meddai ei llygaid.

'Meddwl... meddwl 'nes i y medrwn i arbad i betha fynd i'r pen, sortio'r cowdal...'

Rhoddodd un o'r tri yn y drws ebychiad o chwerthiniad maleisus.

'Mwya ffŵl fi,' ochneidiodd. 'Mi gewch chi'ch ystyried gynnyn nhw, mi alla i sicrhau hynny, ac mi wnân bob ymdrech i'ch talu chi. Fedra i 'mond diolch i chi...' Torrodd ei lais. Fel arall roedd hi'n swnio fel araith cinio Dolig y gwaith.

'Diolch... am bob dim.' Trodd at Marian. 'Dwi mor sori.'

Edrychodd hithau arno heb ddweud gair.

'Dwi mor sori,' ailadroddodd wrthi.

Trodd i agor drôr wrth ei desg a thynnu goriad o ganol y bwndel. Darllenodd yr enw arno. Mi wnâi'r Volvo trydydd llaw y tro i'w gario i Gaerdydd. Câi'r derbynwyr o 'nôl cyn pnawn fory.

Aeth allan, a chwestiynau'r tri mecanic yn ei ddilyn drwy'r drws. Ni chlywodd lais Marian yn eu plith.

Allan ar gwrt y garej, oedodd Eifion am eiliad i gael ei wynt. Aeth heibio cornel yr adeilad rhag i'r lleill sylweddoli ei fod yn oedi a'i ddilyn allan i gecru. Anadlodd yn ddwfn. Roedd y Volvo wedi'i barcio yn y pen draw, yr ochr arall i'r sied lle byddai'n cadw hen rannau ceir a'r prif adeilad lle byddai'r hogiau'n arfer trin eu gwahanol geir, ar y ramp, yn y twll, wrth y rhesi teiars... Fyddai hi byth yn ddistaw yno fel roedd hi rŵan: rhwng synau'r cyfarpar a'r holl offer gwahanol, a malu cachu'r hogiau, a miwsig y *charts* yn bloeddio o'r radio bach oedd yn oel drosto ar y silff yn y pen pellaf, roedd yn rhaid codi llais i gael eich clywed. A Dave yn chwerthin fel peth ynfyd, poeni dim, fel arth mewn poen, fel…

Pam roedd o'n meddwl am Dave? Faint oedd 'na ers ei golli? Dros ddegawd, mae'n rhaid. Ond gallai glywed y chwerthin fel pe bai o yno'n sefyll wrth ei ochr o.

Doedd dim angen llawer i wneud i Dave chwerthin – gair neu ddau gan yr hogiau, eu tynnu diarbed ar ei gilydd. Byddai Dave yn chwerthin am bopeth a dim byd, fatha daeargryn, a'i fol fatha *spacehopper* yn bownsio i fyny ac i lawr, a synau anifeilaidd, arallfydol yn dod ohono, a'r hogiau wedyn yn chwerthin wrth ei weld, ac Eifion yn eu plith.

Mi chwarddodd Dave am rywbeth ar ddiwrnod ola'i fywyd, cofiodd Eifion: ceisiodd gofio am beth. Rhywbeth ar y teledu. Comedi gachlyd Americanaidd nad oedd lle iddi yn ystafell yr ysbyty ond na ellid ei chau allan chwaith, rhag i bopeth ddisgyn i mewn ar ei gilydd.

Disgyn wnaeth o p'run bynnag, meddyliodd Eifion. Prin roedd Dave yno, er gwaetha'r cysgod o'r hen chwerthin.

Roedd hi'n garej wag ers i Dave fynd. Deng mlynedd o wacter.

Hen bryd i mi gael 'madael ar y bitsh, meddyliodd Eifion, a chamu'n fwy pwrpasol tuag at y Volvo.

2 0

Be ddaeth dros dy ben di, 'chan?

YN UN AR ddeg oed, roedd Derek-Foel eisoes wedi bod dramor dair gwaith ar ei wyliau, unwaith ar y fferi i Lydaw a dwywaith mewn awyren i Wlad Groeg a Sbaen – bedair gwaith mewn awyren, o gynnwys y daith yn ôl o'r ddau le, fel roedd Derek wrth ei fodd yn atgoffa Eifion.

Doedd Mr Hughes y prifathro ddim yn credu mewn gwyliau tramor: tridiau mewn pabell ar Benrhyn Llŷn oedd ystyr 'gwyliau haf' iddo fo, a'i deulu i'w ganlyn.

Sychodd Eifion ei weflau ar ôl drachtio dŵr o'r botel fawr blastig, heb fynd i'r drafferth i ddod o hyd i gwpan – fyddai ei dad ddim callach ac yntau led tri chae i ffwrdd yn hel mwyar efo'i fam – a chau'r cap arni. Gwyddai y byddai'r ddau yn eu holau o fewn rhyw awran a go brin y câi gyfle arall am sbel hir wedyn. Tynnodd adain o gynfas o adwy'r babell a syllu allan ar y môr yn tincial yn yr haul dan fraich Llŷn.

'Be t'isio neud?' holodd Cefni gan anelu 'nôl tua'r babell ar ei feic o gyfeiriad y fferm.

Nhw oedd yr unig babell ar ôl yn y cae yma, er bod cryn ddau ddwsin o bebyll neu garafannau yn y cae nesaf ac acenion pob rhan o Loegr yn cyrraedd eu clustiau bob hyn a hyn ar yr awel.

Roedd Eifion wedi bod yn chwarae rhywfaint efo Phillip a Darren o Warrington a oedd yn gwersylla am y clawdd â nhw, ond roedd ei fam wedi taflu dŵr oer ar bethau braidd drwy awgrymu ei fod o'n cadw llygad barcud ar ei feic rhag i 'rywun' ei ddwyn o. Gwyddai Eifion yn iawn mai cyfeirio at ei ddau ffrind newydd roedd hi, ac er mwyn ei sbeitio hi – nad oedd wir yn sbeit i neb ond fo'i hun – rhoddodd Eifion y gorau i chwarae efo'r ddau, gan ddewis pwdu yn y babell yn lle hynny. Pan gynigiodd ei rieni eu bod yn mynd i hel mwyar ar hyd y llwybr cyhoeddus i gyfeiriad Cricieth, gwrthod yn syth a wnaeth Eifion, a Cefni'n ategu'r gwrthodiad – yn fwy cwrtais na'i frawd o beth cythraul. Aeth eu rhieni ar eu ffordd heb ddadlau, gan rybuddio Cefni i gadw llygad ar ei frawd. Wedyn, ar ôl cael eu cefnau, aeth Cefni ar ei feic gan adael Eifion yn gorwedd ar y gwely aer yn hel meddyliau.

Meddyliau go dywyll oedden nhw hefyd, meddyliau a fu'n rhannu'r nos ag o'n aml dros yr wythnosau diwethaf. Byth ers i Cefni lwyddo i ennyn clod a gwobr gan ei rieni am basio'i bedwerydd arholiad piano ac-yntau-ond-yn-dair-ar-ddeg-oed.

Doedd hynny ddim yn newydd, wrth gwrs. Roedd Cefni byth a hefyd yn llwyddo i wneud hyn a'r llall, y radd biano hon-a-hon, y bathodyn nofio hwn-a-hwn, y marc gwaith cartref hwn-a-hwn, ac ati ac ati hyd at syrffed Eifion. Ond roedd rhywbeth ynghylch y pedwerydd arholiad piano a ddenodd hyd yn oed fwy o ffys ei fam a geiriau canmoliaethus ei dad. Y pedwerydd arholiad piano, am ryw reswm neu'i gilydd, wnaeth i Eifion gyrraedd pen ei dennyn.

Byth ers y diwrnod y clywodd y teulu bach am lwyddiant eu mab hynaf, bu Eifion yn cynllunio ffyrdd – yn ei feddwl, wrth gwrs, dim ond yn ei feddwl – o ladd Cefni. Roedd y ffaith i Cefni lwyddo i ennill tocyn iddo'i hun a'i dad i gêm rygbi ryngwladol – Cymru yn erbyn Lloegr, y gêm ym Mharc yr Arfau – yn gwneud pethau'n waeth. Ffonio ateb i mewn – ateb a roddodd heb unrhyw help gan ei dad – i raglen radio Richard Rees ar fore Sadwrn a wnaethai i ennill y tocynnau. Cofiai Eifion y cwestiwn yn glir: 'Beth yw enw llyn naturiol mwyaf Cymru?' a'r ateb: 'Llyn Tegid.' Byddai'r cwestiwn a'r ateb wedi eu serio ar ei feddwl am byth, er nad oedd gan Eifion syniad beth oedd yr ateb pan oedd y ddau'n bwyta'u brecwast wrth wrando ar y rhaglen, a beth bynnag, mi waeddodd Cefni'r ateb bron cyn i Richard Rees lwyddo i orffen yngan y cwestiwn.

'Ffonia 'ta,' meddai eu mam wrth Cefni, gan wenu'n llydan ar glyfrwch ei mab hynaf, ac mi wnaeth Cefni hynny'n ufudd.

Ar ôl iddo ennill y wobr a chael coflaid gan ei fam a'i dad y sylweddolodd Cefni ar amrantiad nad oedd o wedi gwneud peth call. Sylwodd ar dawelwch Eifion, ac meddai'n syth:

'Gei di fynd, Eifs. Dwi'm yn or-hoff o rygbi.'

'Na cheith wir,' protestiodd eu tad. 'Ti atebodd, ti geith fynd.'

A dyna fu. Fyddai Eifion, pe bai wedi ystyried, ddim wir wedi mwynhau deg awr yn y car yno ac yn ôl yng nghwmni ei dad, dim ond nhw ill dau: roedd o'n treulio gormod o amser yn ei gwmni yn yr ysgol heb orfod meddwl am wneud hynny drwy ddydd Sadwrn ar ei hyd. Ond doedd Eifion ddim yn edrych yn ddwfn i mewn iddo'i hun. Gweld Cefni'n cael ac yntau ddim roedd o.

Eto i gyd, doedd ennill y tocyn i'r gêm ddim wedi arwain yn syth at feddyliau llofruddiaethol Eifion. Yr arholiad piano wnaeth hynny.

Penderfynasai eu mam, am resymau na wyddai neb ond hi ei hun, y dylai Cefni gael ei wobrwyo drwy gael trip i'r sinema i weld ffilm ddiweddaraf James Bond (hoff eilun Eifion dros yr haf cyfan hwnnw) os llwyddai yn ei arholiad piano. Doedd dim ffordd yn y byd na lwyddai Cefni yn ei arholiad piano – roedd o wedi dod o fewn deg marc i farciau llawn yn ei dri arholiad cyntaf, a phob argoel y gwnâi'r un fath yn hwn. Y peth diwethaf oedd ei angen ar Cefni oedd moronen fawr i'w gymell i ymarfer ei biano.

Rai wythnosau ynghynt, roedd Eifion unwaith eto wedi milwrio yn erbyn dechrau cael gwersi piano, wedi tantro fel y gwnaethai sawl gwaith o'r blaen rhag gorfod gwneud rhywbeth mor Gefnïaidd, ac wedi gwrthod yn lân â hyd yn oed ildio i hanner awr o wers flasu efo Mrs Hopkins.

'Ella nad ydi o ddim ynddo fo,' ceisiodd ei dad resymu efo'i fam yng nghlyw Eifion. 'Ddim fatha mae o yn Cefni.'

Ac yn y diwedd, a hithau'n agos at ddagrau, ildiodd Mrs Hughes i'r anorfod, ond nid heb yn gyntaf gyhuddo Eifion o 'luchio'i ddyfodol i ffwrdd' a 'gwneud stomp o'i fywyd' ac 'anelu ar ei ben i giw dôl'.

Doedd meddwl un ar ddeg oed Eifion ddim yn gallu amgyffred yn iawn sut roedd gwrthod gwersi piano yn mynd i allu effeithio mor dyngedfennol ar weddill ei fywyd, a dechreuodd amau efallai y byddai'n well iddo ddioddef un wers er mwyn gweld a allai sicrhau unrhyw fath o ddyfodol iddo'i hun, ond erbyn hynny roedd ei fam wedi ffonio Mrs Hopkins a dweud wrthi na fyddai Eifion, wedi'r cyfan, yn troedio'r un llwybrau dyrchafedig â'i frawd ym myd cerddoriaeth.

Ymhen wythnosau, pan basiodd Cefni ei bedwerydd arholiad piano, gwelodd ei rieni eu cyfle i rwbio trwyn Eifion yn y baw. Gwyddai'r ddau fod Eifion wrth ei fodd yn chwarae James Bond – onid oedd o'n troi pob cornel yn y tŷ efo gwn dychmygol rhwng ei ddwylo? – ac y byddai gwobrwyo'r naill frawd yn sicr o ennyn cenfigen y llall. Dyna, yn y pen draw, fyddai cosb eu mab am wrthod eu cynnig hael o wersi piano.

A James Bond oedd yn gorwedd yn y babell y prynhawn hwnnw ar ddiwedd Awst mewn cae fferm uwchben Cricieth a'i wn dychmygol yn ei law ar annel tuag at destun ei falais – ei frawd. (Er na welai ei frawd mohono drwy gynfas y babell.)

'Be t'isio neud?' gwaeddodd Cefni arno eto o'r tu allan.

''Im byd,' gwaeddodd Eifion yn ôl heb ddangos unrhyw falais yn ei lais.

Ond yn ei ben, roedd o'n cynllwynio i ladd Cefni. Âi drwy bob senario a godasai yn ei ben ac yntau'n effro hyd berfeddion yn ei wely dros yr wythnosau diwethaf. Gallai ei daro ar ei ben, fel y gwnâi James Bond weithiau, ond bod rhaid dod o hyd i'r union fan lle roedd y gnoc yn mynd i fod yn un farwol. Roedd digonedd o arfau posib: cyfrodd nhw eto yn ei ben. Bat criced, gordd daro pegiau, ffyn y babell (rhy denau, ond mi wnaen nhw'r tro fel gwaywffyn), stof, cadair, neu unrhyw un o'r cerrig a ffurfiai waelod i'r cloddiau o amgylch y caeau. Digon hawdd fyddai cario carreg drom tuag at Cefni, ei ddenu i sbio ar rywbeth ym môn y clawdd a'i daro ar ei ben â'r garreg â'i holl egni nes bod ei frawd ar ei gefn ar lawr. Gallai ddweud na welsai ddim byd, a dôi ei rieni i'r casgliad, oni ddoent, i Cefni lithro a tharo ei ben ar y garreg? Yn bendant, ni fyddent yn amau am un eiliad mai ei frawd a'i lladdodd.

Roedd o wedi diystyru pob math o syniadau eraill – gwenwyn, saethu, crogi, sioc drydan – ond nid cyn troi pob un drosodd a throsodd yn ei feddwl i weld rhinweddau a gwendidau pob syniad, gan geisio cofio sut roedd James Bond wedi defnyddio'r naill ddull neu'r llall i ladd ei elynion.

Daliai un posibilrwydd arall i'w ddenu, un na ddaethai i'w feddwl nes iddyn nhw ddod i wersylla. A hwnnw, yn y pen draw, a ddewisodd Eifion Bond i ladd ei frawd y prynhawn tesog hwnnw ar ddiwedd Awst, ddechrau'r wythdegau, pan oedd ei rieni led tri chae i ffwrdd yn hel mwyar, yn rhy bell i weld beth oedd yn digwydd yn ymyl eu pabell nhw.

Wrth ddod allan o'r babell, gwelodd Eifion fod Cefni wedi

dod oddi ar ei feic ac yn eistedd yn weddol agos at eu pabell, ond heb fod yn ei chysgod, yn darllen llyfr.

'Mi gaiff o fynd fel mae o wedi byw,' meddyliodd Eifion wrtho'i hun, 'fel swot.'

Cododd Cefni ei ben wrth weld ei frawd yn dod o'r babell, yn y gobaith y byddai Eifion eisiau gwneud rhywbeth o werth, ond roedd ei wyneb surbwch yn dangos na ddylai'r brawd hynaf fentro awgrymu gwneud dim. Aeth yn ôl at ei ddarllen a gadael i Eifion fynd draw at y car, y Saab 99 coch a oedd yn destun balchder di-ben-draw i'w dad (nid cymaint â Cefni, wrth gwrs, ond gryn dipyn mwy nag Eifion).

Tynnodd Eifion y goriad roedd o wedi'i fachu o'r bag bychan yn y babell a datgloi'r drws cyn ddistawed ag y medrai. Roedd Cefni'n ddigon pell i ffwrdd fel na allai glywed, ond os digwyddai godi ei ben, byddai'n gwybod bod Eifion ar berwyl drygionus.

Agorodd Eifion ddrws y car yn araf bach a gweithio'i ffordd rownd ei ymyl ac i mewn i sedd y gyrrwr. Caeodd y drws heb feiddio rhoi clep iddo. Teimlai'n fach yn y sedd a phrin gyrraedd y pedalau roedd o. Doedd o ddim wedi meddwl am hynny pan oedd o'n James Bond yn ei wely.

Ond roedd o wedi cofio gwneud ei waith cartref dros y dyddiau y buont yn crwydro Pen Llŷn yn y car. Roedd o wedi cofio syllu ar draed a dwylo'i dad bob tro y taniai'r injan ac wedi galw i gof y troeon roedd Taid Dolgellau wedi gadael iddo yrru'r tractor ar y fferm. Gwyddai fod angen gollwng y brêc llaw, rhoi troed i mewn ar y clytsh (cofio symud y gêr i 'un') a throed allan ar y sbardun, a gweithio un yn raddol i fyny a'r llall yn raddol i lawr. Doedd o ddim angen mwy na hynny. Roedd ei daid wedi'i siarsio i wneud y cyfan yn raddol, raddol neu mi fyddai'r car yn stolio.

Doedd Eifion ddim yn berffaith siŵr o'i allu i gychwyn y

car, ond ni fyddai'n maddau iddo'i hun os na allai fanteisio ar ei gyfle. Doedd wybod pryd y diflannai ei rieni eto'n ddigon hir iddo allu lladd ei frawd.

Rhoddodd y goriad yn y clo, gwasgu ei droed ar y clytsh a symud y gêr i 'un'. Rhoddodd ei law chwith yn ôl ar y llyw.

Rŵan, meddyliodd. Rŵan mi ga' i o.

Cofiodd fod y brêc llaw yn dal heb ei ollwng a symudodd ei law unwaith eto i'w ostwng.

Yr eiliad y gwnaeth o hynny, dechreuodd y car symud, a sylweddolodd Eifion, gan gystwyo'i hun am ei dwpdra, fod y car ar allt ac nad oedd angen yr holl fusnes traed: roedd y car yn symud i lawr yr allt o dan ei bwysau ei hun i gyfeiriad y môr, i gyfeiriad Cefni.

Daliodd Eifion ei afael yn y llyw rhag i'r car wyro oddi ar y llwybr tuag at ei frawd. Cynyddodd y cyflymdra ac ofnai Eifion am hanner eiliad y byddai'r car yn mynd yn syth am y babell yn hytrach na'i frawd, ond doedd dim rhaid iddo boeni. Wrth i'r car gyflymu, gwelodd Cefni'n codi ei ben reit yng nghanol y winscrin a'r arswyd wrth weld y car yn dod amdano'n llenwi ei wyneb. Eiliadau'n unig, eiliad…

Gwenodd Eifion ar Cefni wrth ei weld yn nesu – a'r eiliad nesaf, roedd Cefni wedi neidio o'r ffordd a'r car wedi hitio'r clawdd yr ochr arall i'w frawd.

Llwyddodd Eifion i osgoi taro'i ben yn y winscrin pan drawodd y car y clawdd, a daeth allan o'r cerbyd yn grynedig. Edrychodd ar y man lle roedd Cefni wedi bod. Doedd o ddim yno rŵan.

Roedd o'n cerdded i lawr ato. Yn ei lygaid, gwyddai Eifion fod Cefni'n gwybod yn iawn fod ei frawd wedi ceisio gyrru drosto fo, wedi ceisio'i ladd. Un edrychiad, ac roedd y ddau'n gwybod. Wnaeth Cefni ddim hyd yn oed gofyn iddo fo be oedd o'n feddwl roedd o'n ei wneud.

Safodd o'i flaen ac amneidio draw i gyfeiriad lle roedd eu rhieni wedi mynd.

'Mi fyddan nhw 'nôl unrw funud,' meddai ac estyn ei law allan i Eifion roi'r goriad iddo.

Gwnaeth Eifion hynny heb gwestiynu.

Aeth Cefni i mewn i'r car a throi'r goriad i danio'r injan. Edrychodd Eifion i weld faint o niwed oedd iddo. Gallai weld ambell sgraffiniad bach ond, heb fynd i edrych am ddifrod, go brin y deallai ei dad beth oedd wedi digwydd – cyhyd â'u bod yn cael y car yn ôl i lle roedd o pan adawodd y ddau.

Roedd Cefni wedi llwyddo'n reit fuan i ddod o hyd i rifŷrs, ac wedi dechrau refio'i ffordd o gysgod y clawdd, ond wedyn fe stoliodd a methu'n lân ag ailgychwyn yr injan.

'Mi 'na i fo,' cynigiodd Eifion gan gnocio'r ffenest ar ei frawd, ond ysgwyd ei ben wnaeth hwnnw a gwasgu ei ddannedd yn dynn yn ei wefus yn ei ymdrech i ewyllysio'r car i gychwyn. Daeth sŵn refio mawr unwaith eto ond ni symudodd y car, dim ond rhoi un herc am yn ôl a stolio drachefn.

Cofiai Cefni wersi tractor Taid yn well nag y gwnâi Eifion, ac yntau dros ddwy flynedd yn hŷn na'i frawd, a llwyddodd ymhen hir a hwyr i gychwyn yr injan. Herciodd y car, heb stolio'r tro hwn, a symud yn raddol o gwmpas y cae mewn cylch nes ei fod yn anelu'n ôl tua'r lle y gadawsai ei dad o. Byddai'n rhaid ei sgwario ar ôl cyrraedd i wneud yn siŵr ei fod yn ôl yn yr union fan lle roedd o i fod, ond roedd gobaith, roedd o bron yno.

'Oi!' Daeth llais ei dad tuag ato fel daeargryn o'r ochr arall i'r clawdd.

Hanner rhedodd ei dad tuag at y car, a'i fam rai camau y tu ôl iddo, a'r mwyar yn disgyn allan o'r twb plastig oedd ganddi yn ei llaw wrth iddi redeg.

Sylweddolodd Cefni wedyn ei bod hi ar ben arnyn nhw. Ni

thrafferthodd Eifion redeg i ffwrdd. Gwyddai nad âi ymhell – byddai ei dad yn siŵr o'i ddal. Ac ar ôl methu yn ei fwriad i gael gwared ar ei elyn pennaf, doedd dim wmff ar ôl yn Eifion i geisio dianc beth bynnag.

Byddai'n rhaid i James Bond wynebu ei dynged.

Hanner llusgodd ei dad Cefni allan o'r car, gan fytheirio wrth wneud. Ceisiodd ei fam dawelu ei gŵr: gwarth o'r mwyaf oedd i'r Saeson glywed eu strach a nhwythau'n Gymry bach parchus.

Roedd ei dad wedi gafael yng nghrys Cefni ac wedi'i binio ar lawr. Bloeddiai gwestiynau ato – 'Be uffar ddaeth i dy feddwl di'r cythral bach?' – a'i ysgwyd fel pe bai'n sach. Ni ddôi ateb gan Cefni, ond gwyddai Eifion y dôi un yn y man. Gwyddai Eifion na châi ddal ei afael ar ei ryddid am yn hir: fo fyddai ar lawr yn cael ei ysgwyd wrth i'w dad boeri cwestiynau yn ei wyneb. Hanner munud arall a dôi'r cyfan yn esboniad gan Cefni.

Heblaw… na ddaeth.

Ymhen hir a hwyr, cododd ei dad wrth iddo symud oddi ar y berw a rhoi rhywfaint o gyfle i Cefni esbonio pam y gwnaethai beth mor wirion â symud y car.

Cododd Cefni. Syllodd ar ei dad yn ymladd am ei wynt ac yn goch ei wyneb, a thybiai Eifion ei fod yn gweld golwg o ffieidd-dod ar wyneb ei frawd, ond ystyriodd yn syth wedyn mai fo oedd unig destun ffieidd-dod ei frawd: pwy arall fyddai?

Yna, roedd Cefni yn y babell, yn gorwedd ar ei gefn yn ei ran o ac Eifion, a'i dad wedi mynd i mewn ar ei ôl i fynnu ateb ganddo, ac yn dal i fytheirio, er bod ei dymer yn graddol gilio gydag amser.

Arhosodd Eifion i Cefni ddod allan a dweud y cyfan wrth ei rieni.

Gwnaeth ei fam swper, ond ni ddaeth ei frawd i'r golwg.

Ymhell wedi iddi dywyllu, ac ymhell wedi i'w dad ddistewi

a dechrau siarad am bethau eraill efo'i fam, sgwrsio normal, mentrodd Eifion i mewn i'w rhan nhw o'r babell. Yn ôl sŵn ei anadlu, roedd Cefni'n cysgu'n drwm. Aeth Eifion i mewn i'w gwdyn cysgu yn dawel bach, rhag ei ddihuno.

Y bore wedyn, roedd Cefni wedi codi cyn Eifion. Ond roedd Eifion wedi deffro.

Clywodd ei frawd yn mynd at ei dad, a eisteddai'r tu allan i'r babell.

'Sori, Dad.'

'Be ddaeth dros dy ben di, 'chan?' holodd ei dad, heb ddim arlliw o'r dymer a oedd arno'r noson cynt.

'Dwn i'm,' atebodd Cefni. 'Isio gweld o'n i'n medru, 'na'r cwbwl.'

James Bond gafodd ei ladd gan Eifion y bore hwnnw, nid Cefni, ac er na newidiodd dim yn sylfaenol yn ei berthynas â'i frawd a'i rieni, wedi'r diwrnod hwnnw roedd hi'n well ganddo, ar y cyfan, weld Cefni'n fyw nag yn farw.

21

Mi ddylian nhw gael gwbod pwy ydw i

LLYNCA DY FALCHDER, pwniai llais Dewi ym mhen Eifion wrth iddo barcio'i gar ger y pafin o flaen y tŷ dau i fyny dau i lawr oedd wedi bod yn gartref i Cefni ers i'w briodas ddod i ben. Y Blaenor-Gynghorydd-Brifathro pwysig mewn tŷ teras digon disylw ar stryd ddilewyrch ar ôl iddo ffoi i Gaerdydd wedi gwarth ei ysgariad.

A fynta rŵan yn dod yno i... be? I gyfaddef iddo ddisgyn yn is na'i frawd unwaith eto, iddo fethu'n fwy llewyrchus na fo? Wyddai o ddim beth ar wyneb y ddaear roedd o'n da yno, heblaw bod Fiona wedi gofyn.

Agorodd drws y tŷ cyn iddo allu dianc yn ôl i mewn i'r car.

'Eifs!' cyfarchodd Cefni o, yn falch o'i weld.

Daeth ato a rhoi ei fraich am ei ysgwydd. Doedd o ddim wedi siafio, ond dyna fo, roedd prifathrawon yn cael penwythnosau, yn wahanol i berchnogion garejys.

'Ydi pob dim yn iawn?' Tynnodd yn rhydd o'r goflaid a throdd ei wên o groeso yn olwg o bryder mabol ar amrantiad. 'Mam a Dad...?'

'Iawn, ydan,' meddai Eifion, er nad oedd o wedi gweld ei rieni ers hydoedd ac yntau'n byw gwta bedair milltir oddi wrthyn nhw. Neu'n arfer byw. Doedd Eifion ddim yn bwriadu mynd yn ôl i'r tŷ ar ôl dychwelyd o Gaerdydd. Roedd o wedi pacio'r ychydig y bwriadai ei gadw yng nghefn y Volvo ac wedi mynd draw i fflat Dwynwen neithiwr i argymell ei bod hi a'i mam yn mynd yno heddiw i achub beth bynnag arall allen nhw rhag bachau'r banc. Aeth o ddim i mewn.

'Mi chwilia i am fflat dros y dyddia nesa,' meddai wrth Fiona, gan ddechrau cerdded i ffwrdd.

'Gadwa i lygad am rwla i chdi,' galwodd Fiona ar ei ôl. 'I chdi', cofiodd Eifion eto, ac ail-fyw'r brath o'i glywed am y tro cyntaf.

'Be sy'n dod â ti i'r ddinas fawr?'

'Jyst galw,' meddai Eifion, gan wybod pa mor wirion y swniai.

'Well i fi dy rybuddio di,' meddai Cefni, gan ei arwain tuag at y tŷ. 'Mae 'na lanast…'

Does gen ti ddim syniad be ydi llanast, meddyliodd Eifion.

Yn y cyntedd, trodd Cefni i'w wynebu. Oedodd am eiliad fel pe bai am gyffesu rhyw wirionedd, neu am ddweud rhywbeth wrth Eifion: gair o gerydd, efallai, am lanio mor ddirybudd, mor ddifeddwl, fel y bydd brodyr bach anwadal yn tueddu i'w wneud.

'Awn ni i'r gegin,' meddai Cefni, fel pe bai wedi gwneud penderfyniad mwyaf tyngedfennol y dydd, a dilynodd Eifion ef drwy'r tŷ.

Estynnodd Cefni gadair iddo a hel cwpanau i wneud paned.

'Fiona'n iawn?' holodd, gan guddio unrhyw amheuon roedd o'n bownd o fod yn eu coleddu.

'Yndi, a'r plant,' meddai Eifion i ddisbyddu unrhyw ofnau mawr a allai fod yn dal i lechu ym meddwl Cefni.

Edrychodd Eifion ar y gegin daclus. Lle i bob dim a phob dim yn ei le. Rêl Cefni. Dim baw, dim annibendod diangen. Edrychodd ar resaid union o gwpanau lliwgar a hongiai ar fachau o dan unedau gwyn, glân, yna ar y fowlennaid o ffrwythau ar ganol y bwrdd brecwast rhyngddyn nhw, ffrwythau ffres, rhinweddol. Roedd sglein ar yr offer crôm a'r wyrctop, dim briwsionyn i'w weld yn unman. Rhaid bod gan Cefni ddynes fach yn dal i ddod i mewn i lanhau, cythraul lwcus, un na fu'n rhaid iddo roi'r sac iddi am fod pethau'n mynd braidd yn dynn. Neu, wrth gwrs, am a wyddai Eifion, gallai fod ganddo ddynes nad oedd o'n ei thalu, un a wnâi'r cyfan am ddim yn gyfnewid am le yn ei wely.

Ar y wal wrth ei ymyl roedd lluniau Brengain a Rheinallt ar wahanol gamau o'u datblygiad, a Gwen wrth gwrs. Doedd Cefni ddim fel dynion eraill, yn diddymu olion gwraig wedi i'w briodas ddod i ben – roedd o'n llawer rhy waraidd i hynny. Cefni oedd y brawd gwâr, wedi'r cyfan.

Eisteddodd Cefni gyferbyn ag o wrth y bwrdd bach.

'Ma'n dda dy weld di.'

'Dwi ddim yn sbwylio unrw gynllunia oedd gen ti, gobeithio. Mi fyswn i wedi ffonio ond…' Gadawodd i'r frawddeg orwedd ar ei hanner heb egluro nad oedd ganddo ffôn i'w enw bellach: doedd ganddo mo'r galon i arllwys y cyfan gerbron Cefni berffaith, ddim eto, ddim heb ymgais i gyflwyno'r wybodaeth fesul cam, fesul cyffes, rhag i'w frawd gael gormod o fwynhad ar unwaith wrth weld holl anferthedd ei ddioddefaint.

Roedd o'n bod yn annheg, gwyddai Eifion hynny'n iawn. Doedd arno ddim awydd dweud wrth Cefni ar unwaith am ei fod o'n gwybod mai arllwysiad o gydymdeimlad diffuant – ie, cwbwl ddiffuant – a gâi gan ei frawd, a byddai hwnnw'n brifo mwy na phe na bai gan ei frawd rithyn o ots yn y byd amdano.

'Yr unig fwriad oedd gen i oedd mynd allan am jog, a dwi'n falch o'r esgus i beidio.'

Cododd Cefni eilwaith i estyn cwpanau ac aros i'r tegell orffen berwi. Trawyd Eifion gan y ffaith fod ei frawd yn teimlo'n anghyffyrddus yn ei gwmni, yn methu eistedd yn llonydd. Ond pa ryfedd? Pryd bu'r ddau'n siarad â'i gilydd fel hyn ddiwethaf, a hynny heb lyffetheiriau teulu yn mynnu sylw'r naill neu'r llall neu'r ddau ohonyn nhw? Ni allai Eifion gofio.

Daeth sŵn ffôn symudol i darfu arnyn nhw a thynnodd Cefni'r ffôn o'i boced. Edrychodd arno cyn ei ddiffodd.

'Dim byd pwysig,' meddai. 'Te 'ta coffi? Llefrith? Siwgwr? Dwi'm yn cofio…'

'Coffi os oes gin ti, dim siwgwr.'

Fel dau ddieithryn, ar wahân i'r defnydd o 'ti'. Bron na theimlai hynny'n chwithig. Teimlai Eifion fel plentyn wedi'i ddwyn gerbron ei brifathro am gerydd wedi'i wisgo yn nillad sgwrs, gair i gall i ddisgybl ychydig yn afreolus.

'Yma ar fusnes wyt ti?' holodd Cefni wedyn, a sylweddolodd Eifion y byddai'n rhaid iddo gyflwyno'i newyddion yn un pecyn moel, heb ragymadroddi.

Cyn iddo allu ateb, canodd ffôn y tŷ, ond nid anelodd Cefni'n syth amdano. Tybiodd Eifion am hanner eiliad nad oedd wedi'i glywed, er bod y sŵn yn drybowndian drwy'r tŷ. Ond sylweddolodd mai arfer hunanddisgyblaeth yr oedd ei frawd, dod i ben ag arllwys y baned yn gyntaf cyn mynd i ateb y ffôn yn bwyllog: ni ddôi dim drwy frys a chynnwrf.

Eto i gyd, doedd Cefni ddim yn ymddangos fel pe bai am ateb y ffôn o gwbwl. Dyna'r gwahaniaeth rhwng dyn busnes fel Eifion a phrifathro: mae'r dyn busnes yn mynd i redeg at y ffôn am fod yr alwad yn bur debyg o greu incwm iddo (tan yn ddiweddar o leiaf) ac mae'r prifathro'n mynd i bwyllo, gan mai trafferth neu waith diddiolch fydd ar ben arall y lein, fwy na thebyg.

Daliai'r ffôn i ganu wedi i Cefni osod y ddwy baned ar y bwrdd.

'Esgusoda fi.'

Aeth allan i'r cyntedd i ateb y ffôn. Ni fedrai Eifion glywed y geiriau, ond roedd hi'n amlwg bod 'na densiwn, os nad dadlau, rhwng Cefni a phwy bynnag oedd yr ochr arall. Am gryn bum munud, gwrandawodd ar ei frawd yn mynnu a thyngu'r tu draw i'r drws caeedig. Nid y Cefni hunanddisgybledig, hunanfeddiannol arferol, a phob 'hunan' arall, oedd o. Swniai'n ddieithr i glustiau Eifion. Rhaid mai Brengain neu Rheinallt oedd ar ben arall y ffôn, yn begian am arian, neu'n gofyn am help i ddod allan o ryw drafferth neu'i gilydd. Doedd Eifion erioed wedi clywed dim byd ond canmol ei rieni i'r ddau blentyn, nad oedden nhw'n blant mwyach, ond gwyddai o'r gorau na allai unrhyw fodau meidrol fod mor berffaith â'r hyn a awgrymai eu nain a'u taid addolgar. Roedd blynyddoedd glaslencyndod yr un mor gythryblus i bawb, fwy neu lai, waeth pa mor glyfar oedd ambell deulu am guddio'r argyfyngau bach aml rhag llygaid gweddill y byd.

Gwrandawodd Eifion ar lais Cefni'n tawelu ac yn troi'n llai dadleugar, fel pe bai'n ceisio dod â'r alwad i ben, cyn distewi'n llwyr. Ymhen rhai eiliadau, daeth ei frawd yn ei ôl, a golwg ddigon llegach arno. Edrychodd ar Eifion fel pe bai'n ceisio meddwl be ddiawl oedd o'n ei wneud yn eistedd yn ei gegin. Pwysodd yn ôl yn erbyn y drws a'r ffôn yn dal yn ei law. Daliodd dop ei drwyn am amser hir a chau ei lygaid yn dynn, dynn, yn union fel pe bai'n ceisio atal dagrau. Efallai ei fod o'n hel annwyd.

'Sori,' meddai Cefni. 'Lle roeddan ni?'

'Ar fin yfed coffi oer oeddat ti,' meddai Eifion, gan amneidio at baned Cefni.

'O… ia,' meddai Cefni'n ffwndrus, a dod i eistedd.

Anadlodd yn ddwfn.

'Ti 'di glanio ar amser ychydig bach yn anffodus, a deud y

gwir wrthat ti,' meddai Cefni. Roedd o'n edrych fel pe bai o am grio, ac roedd o'n osgoi edrych ar Eifion.

'Be sy?'

Anadlodd Cefni'n ddwfn eto. Roedd hi'n amlwg bod cyfaddef gwendid yn anos iddo nag ydoedd i Eifion hyd yn oed.

'Wedi gorffan efo rywun…' dechreuodd Cefni, cyn rhoi ymgais arall ar egluro. 'Ro'n i'n caru. Tan neithiwr. Ac ers neithiwr, wel… ma'r berthynas ar ben.'

Edrychodd ar Eifion wrth ddweud hyn a phlastro gwên ar ei wyneb i ddynodi peth mor fach oedd y cyfan mewn gwirionedd.

'Shit, sori. Os ti isio sortio petha…' Symudodd Eifion yn ei gadair fel pe bai am godi i fynd.

'Argol fawr, ti'm yn dod lawr yr holl ffordd i droi rownd a mynd yn dy ôl. Ista fan'na. Ma'n braf ca'l cwmni.'

Doedd Eifion ddim yn argyhoeddedig ei fod o'n dweud y gwir. Gallai dyngu mai'r person olaf roedd Cefni am ei weld y bore hwnnw, ac eithrio'i dad a'i fam efallai, oedd Eifion.

Rhyfedd o fyd, meddyliodd, fel arall rownd mae hi i fod.

Ystyriodd am eiliad y gallai ddweud wrth Cefni am ei drafferth ei hun, er mwyn gwneud i'w frawd deimlo'n well am ei drwbwl o, ond i beth fyddai Cefni eisiau clywed am ei garej wirion?

'Ma Fiona a finna'n mynd drw… batsh…' meddai Eifion, gan feddwl y gallai hynny wneud i Cefni deimlo'n well.

'Roedd Fiona'n deud,' meddai Cefni heb oedi.

Fedrai Eifion ddim credu ei glustiau.

'Be ti'n feddwl "oedd Fiona'n deud"? Pryd gwelist ti Fiona?'

'Ar y ffôn,' meddai Cefni. 'Ffonis i hi tua wthnos yn ôl.'

'Pam?'

Ysgydwodd Cefni ei ben a chodi ei ysgwyddau. 'Be ti'n

feddwl "pam"? Ffonio i weld sut oeddach chi, dim rheswm. Dwi'n ca'l chat hefo Fiona'n amal, ti'n gwbod hynny, siŵr.'

Gwyddai Eifion fod mwy o Gymraeg rhwng ei wraig a'i frawd nag roedd o wedi'i ystyried, o bosib, ac yn sicr roedd mwy o siarad rhyngddyn nhw nag a oedd rhyngddo fo a Cefni. A mwy nag a fu rhyngddo fo ei hun a Fiona yn ddiweddar, mae'n siŵr. Aeth y meddyliau drwyddo fel ias. Doedd o erioed wedi ystyried bod y sgyrsiau'n rhai a drafodai ddim byd mwy na'r cyfan gwbwl arwynebol.

'Deud bo chdi'n 'i chanol hi hefo'r garej,' aeth Cefni rhagddo. 'Dyna mae hi'n ddeud bob tro ers dwn i'm pryd. Ond y tro dwytha, mi ddudodd fod 'na straen… dwn i'm… nath hi ddim rhoi manylion, os mai dyna sy'n dy boeni di.'

Ysgydwodd Eifion ei ben a thynnu ei ddwylo dros ei wyneb. Roedd Fiona wedi deall drwy'r amser fod y garej yn mynd tani, ac yntau fel iâr heb ben yn ceisio cadw'r cyfan rhagddi, ynghlwm wrth ei garej i'r fath raddau fel na welsai effeithiau'r straen yn iawn nes iddo fynd yn drech na nhw. Edau rhy dynn a dyr, meddyliodd, a daeth Dewi a'i ddarnau bach o edau'n ysgwyd i'w feddwl.

Bu'r ddau'n ddistaw am rai munudau, yn llyfu eu clwyfau eu hunain heb ddweud gair.

'Be 'di henw hi?'

'Pwy?'

'Hon sy wedi mynd… dy bartner di. Honna oedd ar y ffôn.'

'O…' meddai Cefni. 'Fi nath fynd. Wel… mewn ffordd. Fi oedd yn methu rhoi digon. Methu ymrwymo.'

Typical Cefni'n defnyddio'r gair Cymraeg am 'commit', meddyliodd Eifion.

'Ti'n amlwg yn meddwl lot ohoni.'

Fyddai Cefni byth yn gwisgo'i galon ar ei lawes fel arfer, byth yn cyfaddef gwendid drwy ddangos emosiwn go iawn yn hytrach nag emosiynau ffug cymdeithasol: y goflaid wrth gyfarfod, y gor-groeso – Wel, helô! Sut ydach chi?! – y dramatics wrth sôn am ddim byd mwy na'r tywydd. Ticio pob bocs am gymdeithasgarwch. Ond am deimladau go iawn, yr hyn oedd y tu mewn, y tu ôl i ddrws ei wên barod i bawb, doedd gan Eifion ddim syniad. Hyd y gwelai Eifion, roedd ysgariad Gwen a Cefni wedi mynd drwodd mor beiriannol daclus ag agor cyfrif banc.

Methodd Cefni ddal. Tynnodd ei law dros ei wyneb i geisio hel y dagrau ymaith cyn i'w frawd sylwi, ond roedd eraill yn mynnu dilyn yn llwybr y rhai cyntaf.

'Mi ydw i…' meddai a cheisio anadlu'n ddwfn i'w reoli ei hun.

'Welis i rioed mo'na chdi fel'ma am Gwen,' meddai Eifion, yn methu cau caead ar ei ryfeddod.

Daeth hyrddiad o grio o stumog Cefni a theimlai Eifion fod yn rhaid iddo wneud rhywbeth. Cododd at ei frawd a rhoi ei law'n lletchwith am ei ysgwydd.

'Hei… 'sna'r un hogan yn werth mynd yn rhacs amdani,' meddai Eifion, a daeth llun o Fiona i'w feddwl yn ddiwahoddiad.

Chwarddodd Cefni drwy ei ddagrau a bu hynny'n ddigon i roi diwedd arnyn nhw. Eisteddodd Eifion drachefn gan feddwl bod y gwaethaf o'r anghyffyrddusrwydd drosodd. Doedd o erioed wedi meddwl bod prifathrawon yn gallu crio.

Sychodd Cefni ei ddagrau.

'Ti'n iawn,' meddai, gan chwerthin eto. 'Ti'n llygad dy le.' Pesychodd, a sychu ei lygaid un tro olaf i hel unrhyw ddiferion. Sythodd a llyncu llowciaid o'i baned. 'Anghofia fi, ti ydi'r gwestai. Deud, Eifs. Pam ddoist ti yma?'

Teimlodd Eifion holl flinder ei gyhyrau'n dychwelyd, y trymder y tu mewn iddo ers iddo siarad â Fiona echdoe, ac artaith y garej nad oedodd yn hir i syllu arni'r bore hwnnw cyn gadael iddi fynd. Tynnodd ei law dros ei wyneb a theimlo rhychau ei oed a'i ddiflastod drosto.

Gallai ddweud wrth Cefni mai Fiona oedd wedi'i yrru yma. Neu gallai ddewis peidio datgelu pob dim, osgoi dweud yn blaen y tro hwn.

'Dwi 'di methu eto,' arllwysodd gerbron ei frawd mawr.

Daliai Cefni i edrych arno, heb borthi.

'Dwi 'di cholli hi,' meddai'n syml. Pa iws ymhelaethu? Pa guddio oedd yn bosib bellach? Waeth i'w frawd gael y ffaith ddiwyro ar blât ddim, i'w blasu, i'w theimlo rhwng ei ddannedd. 'Y garej,' meddai wedyn, rhag i Cefni feddwl mai am Fiona roedd o'n sôn. 'A Fiona, siŵr dduw,' ychwanegodd wedyn wrth sylweddoli nad oedd eu problemau nhw'n mynd i allu aros yn gyfrinach yn hir chwaith. 'Dwi wedi neud digon o stomp o betha i'w cholli hitha hefyd. Y ddwy "hi" fuo gen i. Tair, os ti'n cynnwys Dwynwen hefyd.'

Edrychodd Cefni arno'n llawn tosturi, a gynhyrfai Eifion ddigon i wneud iddo droi ei ben oddi wrth ei frawd. Pam na wnâi Cefni flasu methiant Eifion, ei fwynhau o ar ei dafod am unwaith? Y peth gwaethaf am Cefni oedd ei gydymdeimlad, yn hytrach na'r gorfoledd a deimlai Eifion – o! mor anaml – pan fethai Cefni.

Y gorfoledd yr arferai ei deimlo, meddyliodd Eifion wedyn wrth sylweddoli nad oedd blas gorfoledd yn ei geg wrth weld y dagrau roedd Cefni newydd eu colli o'i flaen am y tro cyntaf ers pan oedden nhw'n blant mân.

Rhoddodd Cefni ei law ar law Eifion ar y bwrdd a'i gwasgu heb ddweud gair. Fedrai Eifion ddim peidio arllwys ei fol.

'Dwi 'di colli popeth,' cwynodd.

Gwasgodd Cefni ei law'n galetach.

'Unwaith eto fyth. Dwi 'di profi 'mod i'm yn gallu'i neud o, 'mod i'n dda i ddim, 'mod i'n dwp, 'mod i'n fethiant.'

Byrlymai ei ofid dros y bwrdd at ei frawd, ac ni thynnodd ei law yn ôl. Ddim y tro yma. Teimlai wres llaw Cefni yn ei ddal rhag llithro i ryw oerfel nad oedd diwedd arno.

'Eto?' holodd llais Cefni'n dawel.

'Ia, eto,' tasgodd Eifion yn ôl ato.

'Pam ti'n deud "eto"?' holodd Cefni i egluro'i ddefnydd o'r gair. 'Llwyddo wyt ti wedi'i neud erioed. Sut nad wyt ti erioed wedi dallt hynny?'

Syllodd Eifion yn dwp arno.

'Llwyddo mewn busnes, medru fforddio cartra bendigedig i dy deulu, a finna… wel,' trodd ei ben i sbio ar ei gegin ddifrycheulyd, 'lle ma 'nheulu i? Yn rhwla arall.'

'Does gen i'm byd rŵan,' meddai Eifion, yn methu peidio dinoethi am y tro cyntaf erioed o flaen ei frawd. 'Dwi 'di golli fo,' ailadroddodd. 'Pob ceiniog. Mi fydd y derbynwyr, y banc, y cwbwl, yn 'i gael o. Bob dim dwi 'di neud. Ma gin ti dy job, dy… betha. A dy deulu. Ma'r plant, a Gwen, yna o hyd i ti. Ti dipyn gwell dy fyd na fi.'

'Ddim cystadleuaeth ydi hi,' meddai Cefni.

'Naci?' holodd Eifion. 'Iddyn nhw, ia, cystadleuaeth ydi hi. Wedi bod ers y dechrau. Hogyn-da, hogyn-drwg. Cystadleuaeth. A fedrwn i byth ennill.'

'Mam a Dad ti'n feddwl?' Roedd syndod yn llais Cefni. 'Be sgin y rheini i neud efo dim byd? Ti'n lliwio 'ŵan…'

'Nag'dw tad.' Tynnodd Eifion ei law o law ei frawd. 'Chdi oedd yr hogyn-da. 'Nes i'm byd ond dwyn gwarth.'

'Fela ti'n gweld hi?' meddai Cefni'n dawel. 'A finna'n gweld brawd bach oedd yn ddyn busnes llwyddiannus, bob dim gynno fo…'

'Mi fyddan wrth 'u bodda'n 'y ngweld i ar 'y nhin,' chwyrnodd Eifion ar ei draws. 'Yr hogyn-drwg yn ca'l 'i haeddiant. Yr hogyn-drwg, dwyn dy geir di, yn ca'l 'i geir 'i hun wedi'u dwyn oddi arno fo, 'i ffisig 'i hun, y twpsyn na chafodd 'mond dwy lefel O yn ca'l chwip din am feiddio meddwl bod o'n da i rwbath, yr idiyt briododd y flondan yn ca'l slapan, a'i blant da i ddim, sboilt o'n goro dysgu byw heb 'i gash o. Ca'l gormod oeddan nhw yn llygid Mam; wel, dyna nhw 'di ca'l copsan 'ŵan. A chditha,' ychwanegodd cyn gallu rhwystro'i dafod rhag carlamu drwy bob ach, 'mi fysa'r garej 'cw'n llwyddiant heddiw taswn i 'di ca'l 'i 'mestyn hi. Ofynnis i i chdi. Chdi, pwy oeddat ti, 'mond gair fysa fo 'di gymyd, gair yn y glust iawn.'

''Nes i,' meddai Cefni'n dawel. ''Nes i drio siarad hefo'r bobol iawn, ond ma'n amlwg bod y bobol iawn ddim wedi gwrando. 'Nes i drio.'

'Do?' Methodd Eifion guddio'i syndod.

Felly, roedd Cefni wedi llyncu ei egwyddorion ac ymostwng er ei fwyn o wedi'r cyfan. Rêl Cefni. Blydi hogyn-da, hyd yn oed wrth fod yn hogyn-drwg.

'Pam ti'n mynnu gweld dy hun drwy lygid Mam a Dad drwy'r amsar?' holodd Cefni. 'Ti'n meddwl bo ti'n gweld drwy'u llygid nhw, ond ti'm yn dallt... a hyd yn oed tasa'u gwerthoedd nhw'n wahanol, wel, be ddiawl o ots?'

'Ti'n deud?' gwawdiodd Eifion.

'Sgin ti syniad pa mor genfigennus dwi 'di bod erioed o be sgin ti a Fiona?'

'Be sy gen i a Fiona?'

''Ych gilydd,' atebodd Cefni.

Ddim am yn hir, meddyliodd Eifion. Ugain mlynedd i lawr y draen. Gostyngodd ei ben. Daeth ton o gywilydd drosto eto am yr hyn a wnaethai i'w wraig.

'A ma gin ti wallt,' meddai Cefni i geisio ysgafnu pethau. Tynnodd ei law dros weddillion y blew ar ei ben.

Gwenodd Eifion er ei waethaf.

‘Mi oedd ’na fai ar Mam a Dad,’ dechreuodd Cefni wedyn, yn fwy dwys. ‘Hen bobol gul oeddan nhw.’

‘Oeddan nhw?’

‘Ydan nhw. Gweld yr allanolion, a meddwl bo gynnyn nhw fonopoli ar yr ysbrydol. Un math o ysbrydol oedd o hefyd, golygu dim byd yn y byd go iawn.’

‘’Nes i rioed feddwl ’swn i’n dy glywed di’n deud y fath beth,’ synnodd Eifion. ‘Chdi oedd Iesu Grist pan oeddan ni’n fach.’

Cododd Cefni a chasglu’r cwpanau gweigion.

‘Lle’r brawd hyna ydi ceisio cadw’r ddysgl yn wastad,’ meddai cyn eu golchi o dan y tap. ‘Ceisio cadw’r injan i redeg, balansio bydoedd pobol erill. Neu ella nad dyna’i le fo,’ cywirodd, ‘ond dyna mae o’n tueddu i neud.’

Didyms, meddyliodd Eifion, heb allu teimlo gwawd go iawn chwaith. Roedd o wedi gadael tomennydd ei fustl wrth y drws, sylweddolodd.

‘Be ddudan nhw?’ edrychodd Eifion i lygaid Cefni. ‘Fedra i’m godda meddwl be ddudan nhw rŵan bod gin i ddim byd ar ôl.’

Syllodd Cefni arno am amser hir nes gwneud i Eifion wingo yn ei gadair.

‘’Nest ti rioed ofyn i mi be ddigwyddodd,’ meddai Cefni’n ddistaw. ‘Be aeth o’i le rhwng Gwen a fi.’

‘Jyst gwahanu, yn ôl Mam,’ meddai Eifion. ‘Sylweddoli’ch bod chi’n wahanol, isio rhwbath gwahanol mewn bywyd. Gwâr iawn, fatha dy arfar di.’

‘Ia, gwâr,’ meddai Cefni. ‘Isio petha gwahanol.’ Edrychodd i mewn i’r sinc, fel pe bai’n darllen ei eiriau yn fan’no. ‘Dwi ddim yn difaru. Ddim go iawn. Oedd priodi Gwen yn rhwbath ro’n i isio’i neud, a’r plant ydi’r petha gora ’nes i rioed. Ond mi oedd hi a fi’n gwbod o’r dechra bron. Ac mi oedd y gwahanu’n waraidd.’

Gosododd Cefni y cwpanau ar y rac, a dod yn ôl i eistedd. Rhoddodd ei benelinoedd ar y bwrdd a phlethu ei ddwylo. Ni thynnodd ei lygaid oddi ar ei fysedd.

'O'n i'n gwbod ers o'n i'n blentyn fwy neu lai, ond yn methu mwstro dewrder i neud dim yn 'i gylch o. Ofn siomi, 'mond dal i geisio cadw'r ddysgl yn wastad, brwsio'r cawdal o dan y mat. Cogio bod yn rhywun, yn rhywbeth to'n i ddim. A Gwen,' mwythodd ei henw'n dyner â'i dafod, 'Gwen annwyl…'

Ni fentrodd Eifion lenwi'r gwacter â geiriau, ond roedd o'n gwybod cyn i Cefni ddweud.

'To'n i'm hyd yn oed yn y gystadleuaeth,' meddai Cefni'n dawel a throi ei ben i edrych ar ei frawd. 'Gareth,' meddai wedyn. 'Oeddach chdi'n gofyn be oedd ei henw hi.'

Ni ostyngodd Eifion ei lygaid. Gwyddai y byddai eu gostwng yn ei wneud o'n frawd bach, yn rhywun llai na fo'i hun, unwaith eto fyth.

'Ma Gwen a'r plant yn gwbod, wrth gwrs. A Fiona. Ma Fiona'n gwbod ers yr ysgariad.'

'Mi fysa hi wedi gallu deud,' meddai Eifion heb lawer o arddeliad.

'Fysa hi?'

Ac roedd Eifion yn gwybod yn ei galon na fyddai o wedi gallu gwneud dim â'r wybodaeth heblaw ei dathlu fel arwydd o fethiant Cefni. Na, gwyddai Eifion mai dim ond rŵan roedd o'n barod i wybod hyn am ei frawd.

'Dyna oedd ei enw fo 'ta,' meddai Cefni, a hofrannodd gwên fach lipa ar ei wefus, cyn diflannu. 'Mi oedd o isio priodi.'

Plygodd Cefni ymlaen a gafael mewn oren o'r fowlen. 'Y peth ydi, fedra i ddim meddwl am betha felly. Yn enwedig â Dad a Mam ddim yn gwbod.'

'Deud wrthyn nhw,' meddai Eifion. 'Laddith o monyn nhw. Ac os gwneith o, Cefni,' ychwanegodd, 'alli di ddim byw dy fywyd yn ôl be maen nhw isio. Dyna ti 'di bod yn neud yn rhy hir. Ti bron yn ganol oed, er mwyn y nef, alli di'm aros iddyn nhw farw cyn bo chdi'n dechra byw.'

Roedd Cefni'n chwarae â chroen yr oren, yn gwasgu ei ewinedd i mewn iddo.

Teimlai Eifion fel ei ysgwyd gan mor amlwg oedd y cyfan iddo.

'Ti'n caru'r Gareth 'ma?'

Daliai Cefni i wasgu ei ewinedd i mewn i'r oren. Ymhen eiliad neu ddwy, nodiodd ei ben. Sythodd Eifion yn ei sedd a tharo'r bwrdd â'i law – wel, dyna ni felly.

'Ti'n caru Fiona?' holodd Cefni wedyn, gan fwrw Eifion oddi ar ei echel braidd. Cododd Cefni ei wyneb i edrych ar ei frawd.

'Yndw, siŵr,' meddai Eifion. 'Fwy na dwi rioed wedi'i feddwl.'

'Paid â'i cholli hi 'ta.'

Doedd fawr o wahaniaeth rhyngddyn nhw wedi'r cyfan, meddyliodd Eifion.

'Eifs,' meddai Cefni wedyn. 'Plis… 'nei di ddeud wrthyn nhw?'

'Be, wrth Mam a Dad?'

'Ia. Sgin i mo'r gyts i neud. Ond mi ddylian nhw gael gwbod pwy ydw i,' meddai Cefni.

Chdi a fi yr un fath, meddyliodd Eifion. Ni wyddai sut yn y byd roedd dechrau meddwl am ddweud. Doedd o ddim yn nabod ei hun ac yntau'n eistedd wrth y bwrdd gyferbyn â Cefni. Rai dyddiau'n ôl, ddoe neu echdoe neu wythnos yn ôl, byddai wedi rhoi ei fraich dde am gael dweud, fel rhoi slap i'w ddau riant oedrannus fod ei frawd hogyn-da, eu Cefni nhw, wedi bod yn byw celwydd ar hyd ei oes, ei fod o, yn eu meddyliau bach pitw, rhagfarnllyd, cul, yn perthyn i bwerau'r fall wedi'r cyfan, yn bechadur. Byddai wedi sawru'r geiriau yn ei geg am oesoedd, cyn cyrraedd penllanw eu llefaru wrthyn nhw, darnio'u byd, chwalu'r hen furiau'n rhacs, rhaffio edafedd eu gwerthoedd balch a'u gadael i bydru ar draeth eu dadrithiad.

Cododd Cefni i estyn tun o fisgedi oddi ar silff a newid y pwnc.

'Oes 'na rwbath fedra i neud i dy helpu di?'

Ysgydwodd Eifion ei ben. 'Dim.' Anadlodd yn ddwfn. 'O'n i'n meddwl 'i bod hi ar ben arna i,' cyfaddefodd Eifion. 'Ddois i'n agos…' dechreuodd, cyn newid cyfeiriad. 'Ond mi ddangosodd rhywun i mi be oedd be.'

Ac adroddodd stori'r bont wrth ei frawd, gan leddfu rhywfaint ar bigau garwaf ei feddyliau ar y pryd. A Dewi. A phersbectif y gronyn yn edrych i fyny ar fydysawd yr atom.

'Dwyt ti ddim yno rŵan, wyt ti?' erfyniodd llais Cefni am sicrwydd. 'Ti ddim yn dal ar y bont?'

Dewi, Fiona, Cefni. Yr un cwestiwn.

'Fyswn i ddim wedi cyfadda wrtha chdi taswn i'n dal yno.'

2 2

Nhw a chdi, chdi a nhw

AGORODD EIFION EI lygaid ar yr ystafell a fu'n gartref iddo ers rhai dyddiau. Heb symud ei ben, gallai weld y stof fechan yn y gornel a fyddai'n berwi dŵr iddo gael paned cyn wynebu'r tu allan, a'r sinc lle byddai'n rhoi dau funud o ofal i'w ddannedd â'r brwsh bach pinc a safai'n barod amdano yn y gwydr wrth y tap. Gwelai'r dillad y byddai'n eu gwisgo wedi'u plygu dros fraich y gadair wrth y tân nwy ar y wal, a'r papur ugain punt a fyddai'n sicrhau pàs ar y bŷs iddo wneud yr hyn roedd o wedi penderfynu ei wneud heddiw ar ben y cwpwrdd bychan a gadwai weddill ei ddillad. Heb symud ei ben, gwelai Eifion bopeth a oedd yn eiddo iddo bellach.

Bu'n brysur drwy'r dyddiau diwethaf yn cau pen mydylau a aethai'n drech nag ef ers misoedd, os nad blynyddoedd, yn clymu pen sachau cyn eu hestyn i rywun arall. Cyrhaeddodd yn ôl o Gaerdydd a mynd yn syth i wely a brecwast ym Mangor. O fewn chwe awr i ddechrau chwilio y diwrnod canlynol, roedd o wedi dod o hyd i'r fflat. Ar ôl trafod telerau â'i landlord a derbyn y goriad i'w gartref newydd, cerddodd i ganol y ddinas i roi ei enw ar restri'r Ganolfan Waith.

Roedd rhywbeth yn glyd mewn meddu ar cyn lleied, meddyliodd. Dim byd 'draw' o hyd ar ymylon ei ymwybyddiaeth i wneud iddo deimlo'n nerfus yn ei gylch. Dim disgwyliadau, dim galwadau. Ni ragwelsai erioed pa mor rhydd y teimlai. Cofiodd am Dewi'n sôn am y pethau bach.

Doedd Fiona ddim wedi galw eto, er iddo adael nodyn efo

Dwynwen yn rhoi ei gyfeiriad newydd iddi. Nid aeth i mewn y tro hwn chwaith, er i'w ferch ei wahodd: roedd o'n gwneud ymdrech wirioneddol i gadw draw gan ei fod o'n gwybod ei bod hi'n gwneud lles iddo fod ar ei ben ei hun am ychydig, cyfle i garthu'r hen fywyd, yr hen Eifion, o'i ben.

Erbyn heddiw, doedd dim ar ôl i'w wneud. Y gwaith papur wedi'i lenwi, y drws wedi'i gau ar ei hen fywyd. Fedrai o ddim meddwl am y garej – byddai'r graith yno am sbel. Gadawed hynny fel y bo.

Hefyd, roedd gwaith trwsio pontydd ganddo i'w wneud, ac adeiladu rhai eraill. Efo pobl roedd o'n byw rŵan, nid hefo'i bethau, meddyliodd yr Eifion newydd.

Gafaelodd yn ei grys oddi ar gefn ei gadair, a'i wisgo yn barod i wynebu'r diwrnod, a'i rieni.

Cyn mynd allan, penderfynodd ffonio Cefni ar y ffôn symudol a gawsai ganddo cyn gadael Caerdydd. Gwasgodd y botwm a roddai rif ei frawd iddo.

'Ti'n iawn?' holodd hwnnw wrth glywed ei lais. Roedd Eifion wedi'i ffonio unwaith neu ddwy'n barod, i ddweud wrtho am y fflat ac ati.

Ers iddo ddeffro, roedd atgof wedi dod i feddwl Eifion – gweddillion breuddwyd, er na chofiai fawr ddim am y freuddwyd chwaith.

'Y car,' dechreuodd Eifion, heb wybod yn iawn sut i ofyn. 'Y tro hwnnw, ti'n cofio, pan oeddan ni'n gwersylla.'

Oedodd Cefni am eiliad neu ddwy.

'Ia,' meddai'n betrus.

Doedd yr un o'r ddau wedi sôn gair am y peth erioed, ac roedd deng mlynedd ar hugain ers hynny. Eto i gyd, roedd Cefni'n gwybod yn syth am beth roedd Eifion yn sôn. Rhaid ei fod o wedi byw efo'r peth yng nghefn ei feddwl yr holl amser, meddyliodd Eifion, a theimlodd wayw o bryder am ei frawd.

'Pam na fysa chdi 'di deud wrthyn nhw mai fi yrrodd y car i'r clawdd?' holodd Eifion yn floesg.

'Mi fysa chdi wedi'n lladd i,' meddai Cefni, gan geisio swnio'n ysgafn.

'Go iawn,' gwasgodd Eifion.

'Go iawn,' meddai Cefni. 'Dyna oeddach chdi am 'i neud, yn de?'

Yn y distawrwydd wedyn, gallai Eifion glywed Cefni'n anadlu.

'Chdi fyddai'n 'i chael hi bob tro,' meddai Cefni wedyn yn dawelach.

'Am mai fi oedd yn ddrwg,' meddai Eifion.

'Ia, ella... 'mond cael row am bo chdi'n haeddu row oeddach chdi, ma siŵr,' cytunodd Cefni. 'Ond er hynny, oedd gas gin i glywed y ffraeo... nhw a chdi, chdi a nhw. Oedd gas gin i fo, Eifs. Ella am 'i fod o'n digwydd o hyd, nes 'i fod o'n anorfod bron. Sgin ti'm syniad pa mor ddiflas i fi oedd 'ych clywed chi'n ffraeo, neu chdi'n cael ffrae. Mi fyddwn i'n mynd i deimlo'n sâl, go iawn 'ŵan, isio taflu fyny. Y math yna o ddiflastod.'

'Ac mi oedd yn well gin ti gael row dy hun,' meddai Eifion.

'Oedd,' meddai Cefni'n syth. 'Yn bendant, oedd.'

'Pam?' Fel pe bai ei fywyd yn dibynnu ar gael gwybod.

'Ti'n frawd i fi,' meddai Cefni, fel pe na bai angen mwy o eglurhad na hynny.

Wrth iddo ffarwelio â Cefni ar y ffôn, daeth cnoc ar y drws, cnocio pendant, diamynedd. Doedd fawr neb heblaw Fiona a Dwynwen yn gwybod ei fod yno, er iddo hysbysu'r garej a'r banc beth oedd ei gyfeiriad newydd pe bai angen iddo roi cyfrif am rywbeth neu'i gilydd.

Brysiodd Eifion i agor y drws, gan ddisgwyl gweld ei wraig neu ei ferch yn sefyll yno.

‘Eifion Hughes?’ holodd y plismon a safai yno. ‘Sarjant Pritchard ydw i…’

‘Be sy ’di digwydd?’

‘Does ’na fawr o amser,’ meddai Pritchard, ‘ond falla gallwch chi’n helpu ni. Dwi’n dallt eich bod chi’n nabod gŵr ifanc o’r enw Dewi Ellis…?’

23

Dim ond fi a fe

ROEDD PEDWAR CAR plismon ar ganol y bont. Cyhoeddai eu goleuadau gleision argyfwng o bell. Arhosodd Pritchard wrth din yr olaf yn y rhes, a daeth Eifion allan o'r car. Ar y pafin roedd cylch bychan o hanner dwsin o blismyn mewn iwnifform yn bennaf, a dau neu dri arall yn eu dillad eu hunain. Yn cael eu cadw oddi yno, ar ben arall y bont, roedd hanner dwsin o bobl eraill yn gwylio, a phlismon yn eu rhwystro rhag dod yn rhy agos. Âi ceir heibio'n araf deg dan gyfarwyddyd plismon traffig a geisiai hysio'r fflyd yn ei blaen ac oddi yno, ond roedd chwilfrydedd y teithwyr yn eu harafu, a'u gyddfau'n ymestyn i gael cip ar berfedd y drasiedi oedd bron o fewn cyffwrdd iddyn nhw.

Trodd plismon o ganol y criw ar y pafin i wynebu Eifion. Cerddodd tuag ato, a dynes ifanc wrth ei ysgwydd, a'i llygaid yn bradychu ei hofn. Lledai craith o dan ei gên bron hyd at ei llygaid, a chryn ddau ddwsin o bwythau mân yn dal ei chnawd at ei gilydd.

'Eifion…?' meddai hi, cyn i'r plismon allu ei gyfarch. 'Diolch i chi am ddod…'

'Dwi ddim yn gwbod be alla i neud,' meddai Eifion wrthi: roedd o am iddi wybod ar unwaith pa mor wirioneddol ddiwerth oedd o yn y sefyllfa a'u hwynebai.

Roedd Eifion wedi deall wrth ei gweld mai Rhian oedd hi, chwaer Dewi. Eglurasai Pritchard wrtho yn y car am yr alwad ffôn i'r orsaf berfedd nos yn sôn am ddyn ar ben y bont, am daith Rhian i fyny o'r De, amdani'n sôn am ryw Eifion a gâi sylw yn nyddiadur ei brawd. Dyddiadur gwallgofrwydd. Byddai'n ei ddarllen heb iddo wybod am ei bod hi'n byw mewn arswyd, ers saith neu wyth mlynedd bellach, yr un arswyd, a gâi ei leddfu fymryn wrth i'r doctoriaid gynyddu dos tabledi ei brawd. Yr un arswyd ag a brofodd pan gawsai alwad gan yr heddlu i ddweud ei fod wedi'i berswadio i ddod i lawr o ben y clogwyn, a'r un arswyd a'i gyrrodd dro arall i chwilio amdano a'i gael yn cerdded wrth ymyl rheilffordd yn siarad â fo'i hun.

Roedd Pritchard wedi bod yn Ael y Bryn, meddai wrth Eifion yn y car, a chael ar ddeall gan gymydog lle roedd y garej, ac wedi cael gwybod gan ddynes yno – Marian, mae'n siŵr – lle roedd Eifion yn byw bellach.

'Mae e wedi bod yn dost ers blynydde... bygwth rhoi diwedd ar y lleisie yn 'i ben,' dechreuodd Rhian egluro. 'Pan weles i'ch enw chi, a hanes y bont wythnos dwetha...'

'Y bont arall,' dechreuodd Eifion, cyn sychu am na allai gynnig unrhyw beth gwell na hynny.

'Meddwl falle gallech chi siarad ag e, 'i berswadio fe i beido...'

'Lle mae o?' holodd Eifion.

Roedd yr holl bobl hyn ar y bont yn gynnwrf i gyd o'i achos o, a dim golwg o Dewi ei hun.

Eglurodd y plismon fod Dewi wedi dringo i lawr ochr y bont, rhwng y ffordd a'r rheilffordd oddi tani, a'i fod yn eistedd ar drawst dur yn y fan honno.

'Siarad efo'i hun,' meddai.

'Siarad â'r lleisie yn 'i ben,' meddai Rhian.

'Mae seiciatrydd yno rŵan,' meddai'r plismon. 'Ond mi oedd Miss Ellis yn meddwl ella bysa fo'n barod i wrando arnach chi... Mi wnaethoch chi gryn argraff arno fo yn ôl y sylw dach chi'n gael yn 'i ddyddiadur o.'

'Dwi ddim yn gwbod be alla i ddeud,' meddai Eifion, gan ledu ei ddwylo. 'Ychydig oriau ges i o'i gwmni fo…' Oriau fel oes i mi, meddyliodd yr un pryd. 'Fysa hi ddim yn well i chi…?' gofynnodd i Rhian.

'Ddim â'r graith 'ma ar 'yn wyneb,' meddai Rhian. 'Bydd gweld y graith yn 'i wneud e'n wa'th. Fe roth hi i fi, chi'n gweld.'

Teimlai Eifion ei goesau'n rhoi, ac estynnodd am ganllaw'r bont. Sut ar wyneb y ddaear allai o helpu?

'Dewi helpodd fi,' dechreuodd egluro. 'Wnes i rioed feddwl…'

Roedd ei ben o'n troi. Ni allai wneud pen na chynffon o'r sefyllfa ryfedd hon, oedd yn ei atgoffa o'r noson ar y bont arall ond a oedd mor gyfan gwbwl wahanol: llond pont o bobl, gefn dydd golau, a'r dyn oedd â mwy o synnwyr na fu ganddo fo erioed, mwy o synnwyr na'r rhan fwyaf o'r bobl roedd Eifion erioed wedi'u nabod, yn bygwth taflu ei hun i'r Fenai.

Estynnodd Rhian ei llaw allan i gyffwrdd â'i fraich. Roedd hi'n greulon o ifanc, meddyliodd Eifion. Rai blynyddoedd yn hŷn na Dwynwen, yn ôl pob golwg, a dyfnder o ofid y tu ôl i bob un o'i blynyddoedd.

'Beth sy rhaid i chi ddyall,' dechreuodd Rhian, 'yw taw mynd draw i Bont Menai i roi diwedd ar y cwbwl wna'th Dewi yr wythnos dwetha, pan ddoth e ar 'ych traws chi. Chi newidodd 'i feddwl e, chi'n gweld,' meddai.

Teimlai Eifion na welai o ddim byd o gwbwl, nad oedd dim byd ond niwl, a'r cyfan a ymddangosai'n real yn gelwydd i gyd, y cyfan yn chwyrlïo'n garbwl drwy'i gilydd fel hunllef.

Rhoddodd y plismon ei fraich allan i'w wahodd i'w ddilyn at ymyl y bont lle roedd dynes heb fod mewn iwnifform yn ymestyn dros ochr y bont, a dau blismon y tu ôl iddi yn cadw'n ddigon pell o'r ymyl rhag cael eu gweld. Cododd y seiciatrydd ei phen wrth weld Eifion yn nesu. Rhoddodd nòd i'r plismon a arweiniai Eifion i'r fan cyn troi'n ôl i siarad â Dewi – siarad, nid gweiddi. Rhaid ei fod o'n agos felly. Siaradai'n bwyllog, gan oedi ar ddiwedd pob brawddeg.

'Mae gen i rywun fan hyn i siarad efo ti, Dewi… rhywun mae Rhian isio i ti weld. Eifion ydi'i enw fo. Wyt ti'n cofio Eifion? Mi wnest ti helpu Eifion, yn do? Wyt ti'n cofio?'

Teimlodd Eifion ei stumog yn troi, a throdd at y plismon wrth ei ysgwydd.

'Mae o'n clywed lleisia,' dechreuodd y plismon ddarllen yn ddistaw o lyfr nodiadau bach. 'Rhai ohonyn nhw'n lleisia crefyddol, yn ôl be 'dan ni'n ddallt, Duw'n deud wrtha fo am neud petha, y math yna o beth…'

'Doedd o ddim yn coelio mewn Duw wythnos dwetha.' Ceisiodd Eifion gofio'r sgwrs a fu ar y bont arall.

'Dyna'r peth efo'i gyflwr o,' meddai'r plismon. 'Mae'r lleisia'n newid lle. Weithia, mi gei di rai digon benign yn deud fawr o ddim o bwys, a dro arall, mi gei di rai sy'n dy yrru di i wneud petha gwirion.'

'Ddim fi 'di'r un i siarad efo fo…' mynnodd Eifion eto: potelaid o wisgi a llyfu clwyfau oedd wedi'i yrru fo at Bont Borth wythnos yn ôl. Hynny bach. Dim mwy. Syml. Roedd y cyfan mor glir rŵan. Mor hynod o bitw a di-ddim bellach. Ond pwy oedd o i siarad â'r lleisiau ym mhen Dewi?

'Mi achubodd o dy fywyd di,' meddai'r plismon, ac mi fyddai wedi bod yn dda gan Eifion pe na bai pawb fel petaen nhw'n gwybod ei hanes, yn gwybod iddo fod mor wan â… mor wan â'r person a eisteddai ar ddarn bach o ddur uwchben yr afon yr ochr draw i'r concrid.

Gwelodd Rhian yn syllu i'w gyfeiriad, ac yna roedd o'n cerdded tuag at y ddynes oedd â'i phen dros yr ochr.

Yno roedd Dewi, ei ysgwyddau wedi'u crymu amdano'i hun.

Doedd Eifion ddim yn cofio'i fod o mor denau, nac mor ifanc yr olwg. Gafaelodd y seiciatrydd ym mraich Eifion a nodio i ddynodi y gallai siarad.

Agorodd Eifion ei geg, ond ni ddaeth gair o'i enau. Ofnai yngan enw Dewi, rhag i hynny ynddo'i hun beri iddo neidio. Edrychai'r afon yn chwydlyd o bell. Teimlai ei ben yn troi: roedd hi'n Fenai wahanol iawn heddiw.

'Dewi…' mentrodd.

Cododd arswyd ar Eifion gan mai trawst bach, rai modfeddi o led yn unig, oedd yn cynnal Dewi. Ofnai Eifion y gallai'r symudiad lleiaf wneud iddo ddisgyn. Yna, trodd Dewi ei ben yn ôl: yn union fel pe bai am wneud yn siŵr nad oedd ei glyw yn ei dwyllo, ac mai Eifion oedd yno go iawn.

'Be wyt ti'n wneud yn fan'na?' holodd Eifion, gan geisio llonni ei lais, ond mi wyddai y byddai Dewi, hyd yn oed, yn clywed y cryndod ynddo. 'Fi sy fod yn fan'na, ia ddim?'

'Sdim lle,' dechreuodd Dewi. 'Sdim lle i un arall. Dim ond fi a fe.'

'Fe…?' mentrodd Eifion, ond yn rhy ddistaw i Dewi allu ei glywed.

'Ma'n nhw i gyd moyn fi ddod lan,' meddai Dewi wedyn. 'Ond sai'n dod lan, ma 'i rhy hwyr i 'ny. Ma pethe 'da fi neud.'

Ystyriodd Eifion ofyn pa bethau oedd ganddo i'w gwneud, ond sylweddolai ei fod yn gwybod yr ateb i hynny'n barod.

'Ti'n cofio ti'n sôn am bersbectif,' meddai yn lle hynny. 'Dibynnu o ba gyfeiriad wyt ti'n edrych?'

Ni chymerodd Dewi arno ei fod yn ei glywed.

'Be am i ti drio edrych ar betha o bersbectif arall… o fyny fa'ma? Ella gwelat ti betha'n wahanol.' Oedodd. Doedd hyn ddim yn gweithio. 'Mi 'nest ti fy helpu i, Dewi,' meddai, gan deimlo'r geiriau'n dod o le dyfnach y tu mewn iddo. 'Mi 'nest ti achub 'y mywyd i, Dewi.'

'Do,' meddai Dewi. 'Trwy ras Duw, rwy'n dywedyd wrthych...'

'Dwi ddim wedi edrych 'nôl ers y noson honno. Mi roist ti fywyd newydd i mi...' Llyncodd Eifion boer. 'Mi gawn ni wared ar y lleisiau,' meddai'n gadarnach.

'Dyw hynny ddim yn bosib,' meddai Dewi. 'Ydwyf yr hyn ydwyf, a dof i'ch plith i'ch gwaredu. Trwof i y cewch chithau fywyd tragwyddol...'

Swniai'n ddieithr, hyd yn oed heb ystyried y geiriau. Roedd yna awdurdod annaturiol yn ei lais.

'Dewi...' mynnodd Eifion. 'Edrych arna i... Wyt ti'n 'y nghofio i? Dewi... ma Rhian isio ti 'nôl...'

'Tabledi...' meddai Dewi, fel pe bai o wedi cofio mai fo'i hun oedd o. 'Dos uwch... 'na beth sy angen... dos uwch bob tro. A rhwle, bydd y dos yn ddigon uchel i'w cadw nhw rhag 'u gofidie...'

'Nhw...?' mentrodd Eifion holi.

'Ie, ie,' meddai Dewi'n ddiamynedd, fel pe bai'r cyfan mor eglur â'r dydd. 'Plant dynion. Dôso nhw fel dôso defed, y bugel a'r ddafad golle— Na! Ddim y ddafad sy ar goll, y lleill sy ar goll. Ma'r ddafad yn galler gweld lle ma hi.'

'Do you know the way to knit a sock?' mentrodd Eifion.

Trodd Dewi ato'n sydyn, gan wneud i galon Eifion lamu.

'Pam ti'n gofyn hynna?'

'Dyna be ddeudist ti wrtha i'r noson o'r blaen, ti'm yn cofio? Ar y bont arall.'

Oedodd. Pwyll, Eifion...

'Ti'n cofio? Be am i ti a fi fynd 'nôl yna? Draw at y bont arall... Gei di ista ar honno os wyt ti isio. Ddo i hefo chdi. Gawn ni siarad, fatha tro dwetha. Dewi, plis...'

'Pont yw pont. Sdim gwa'nieth rhwnt hon a'r llall,' meddai Dewi'n ddi-fflach.

'Oes!' meddai Eifion. 'Pob gwahaniaeth yn y byd. Persbectif… ti'n cofio ti'n sôn…?'

Nodiodd Dewi, a thynnu ei law dros ei wyneb.

'Ti'n iawn,' meddai. 'Gwthio a thynnu…'

'Ia!' ebychodd Eifion. Roedd o wedi'i dynnu'n ôl i'r lan. Roedd o'n cofio'r hyn ddigwyddodd. Roedd Eifion wedi croesi tuag ato, wedi'i gyrraedd. 'Yr un peth yw'r ddau, yn dibynnu lle rwyt ti'n sefyll. Ti ddeudodd hynna! A dwi wedi dechra gweld petha o'r newydd,' ychwanegodd, ar ras i ddweud wrth Dewi gymaint roedd o wedi newid yn ystod yr wythnos diwethaf, cymaint roedd Dewi ei hun wedi'i wneud i'w newid. 'Mi welais i Cefni, ti'n cofio fi'n sôn am Cefni 'mrawd, a ges i sgwrs hir efo fo, y tro cynta i ni siarad fel'na, y tro cynta i betha neud cymaint o synnwyr… ac efo Fiona, mi siaradis i efo Fiona…'

Tawelodd Eifion. Doedd Dewi ddim wedi rhoi unrhyw arwydd ei fod yn gwrando arno mewn gwirionedd. Sylweddolodd fod ei wefusau'n symud, ond ni chlywai Eifion beth roedd o'n ei ddweud: nid sgwrsio â fo roedd Dewi.

'Dewi…' ymdrechodd eto. 'Gawn ni sgwrs… gawn ni fynd i rwla arall i siarad… Mi fyswn i'n medru neud efo dy gyngor di…'

Trodd Dewi ato a'i lygaid yn fawr: ''Y nghyngor i?' holodd yn anghrediniol.

Nodiodd Eifion.

'Welest ti ddim o'i gwyneb hi?' holodd Dewi.

Deallodd Eifion mai am Rhian roedd o'n sôn. Ni fentrodd nodio.

'Fi nath hynna,' meddai Dewi, fel pe bai'r gwir newydd ei daro, yn glir fel llafn o wydr.

'Ddim ti…' dechreuodd Eifion. Y lleisiau, y lleisiau yn ei ben, y rheini drawodd Rhian, dyna oedd angen i Dewi ddeall.

'Sdim isie rhagor,' meddai Dewi, gan droi i edrych ar Eifion a gwên lydan ar ei wyneb. Prin fod Eifion yn ei nabod, y llencyn hwn oedd yn gwenu o'i flaen. Nid yr un person oedd o â Dewi'r wythnos cynt. Roedd ei wyneb yn llawnach, yn fwy byw, yn... 'Llewyrch' oedd y gair a ddaeth i ben Eifion. Roedd Dewi'n llewyrchu.

Mae o wedi'i ryddhau o rywbeth, meddyliodd Eifion, mae o wedi penderfynu.

Heb adael i'w wên ddiflannu, daliodd y Dewi hwn ei lygaid, fel na allai Eifion droi ei olwg na'i ben i guddio, a gwyddai ar unwaith nad oedd dadlau'n bosib. Roedd llygaid Dewi'n dweud wrtho, yn cyfathrebu'n ddieiriau, yn cyfleu ei fod o'n rhydd o rwymau amser a lle.

Yna chwarddodd Dewi dros y lle ac agor ei freichiau fel adenydd, gan ymestyn oddi ar y dur a gadael i natur wneud fel y mynnai ag ef, i ddisgyrchiant ei hawlio, i'r afon ei sugno ati.

A'i freichiau ar led, edrychai fel pe bai'n mynd i gofleidio'i afon, ac yna plygodd ei ben ymlaen nes ei fod yn edrych yn debycach i fwled ar annel at yr un lle, fel pe bai wedi bod ar annel at yr un man erioed, na fu cyfeiriad arall, a chwifiodd rhwng bod a pheidio â bod; yr eiliad, yr hanner eiliad sy'n oes, rhwng eisiau a chael, rhwng bwriadu a chyflawni, yn ei nunlle rhwng dau le; ac Eifion yn ei wylio, hynny hefyd fel y dylai fod, â'i ddwy law'n dynn, dynn am reilen y bont, a'i draed yn ddiogel, ddiogel ar ochr arall y rheilen, yn sownd ar y llawr; yn ei wylio'n newid ei ffurf eto o fwled i fwndel anorfod y saeth tuag i lawr, ein taflwybr ni oll, ond bod y rhan fwyaf ohonon ni ar lai o frys i gyrraedd.

Ac er iddo glywed gweiddi y tu ôl iddo, ni waeddodd Eifion, dim ond gafael yn dynn yn y bont a gwylio hanner eiliad yn troi'n amser hir, hir o'i flaen.

Aeth Dewi i'r dŵr fel carreg. Fel dim ond carreg.

A'r afon yn dal i lifo.

Rhan Tri

2 4

’Na beth yw lle pell

YN Y CAFFE, ac yntau’n eistedd gyferbyn â hi, ni allai Eifion dynnu ei lygaid oddi ar y graith ar wyneb Rhian. Rhedodd hithau ei bysedd yn reddfol hyd-ddi, fel pe bai’n teimlo’i hedrychiad ar ei chroen.

Ni chymerodd lawer i’r cychod ddod o hyd i’r corff. Doedd hi ddim eto’n nos, er bod yr haul yn wan bellach a phawb yn mynd adref o Fangor. Aethai amser heibio ers y bore. Mwy nag oriau, mwy fel oesau. Sawl bywyd.

Roedd Rhian wedi bwrw baich ei chrio yn Ysbyty Gwynedd, lle cludwyd y corff i’w gadw. Roedd Eifion yn siŵr ei bod wedi galaru llawer cyn hynny hefyd, dros sawl blwyddyn.

Bellach, roedd hi wedi ffonio’r brawd arall yn Llundain, a byddai’n cyrraedd ar y trên ymhen yr awr i’w chludo adref yn ei char hi. Roedd hi wedi cynnig car Dewi i Eifion, ar ôl mynnu y byddai’n gwneud ffafr â hi yn ei gymryd, drwy ei harbed rhag gorfod trefnu iddo gael ei gludo i’r domen sgrap. Ar ôl i Eifion roi cynnig ar ei danio, a methu, cawsant help yr heddwas cyswllt teuluol i drefnu bod y car yn cael ei symud i fan addas y tu allan i’w fflat.

‘Cystal lle â ’run i fecanic sy’n dechra o’r newydd,’ meddai Eifion wrthi’n ddiolchgar.

Roedd hi wedi cymryd rhai oriau i Eifion stopio crynu. Teimlai alar na allai roi rheswm iawn drosto, ar wahân i’w ofid dros hon a eisteddai’r ochr arall i’r bwrdd iddo. Nid oedd wedi adnabod Dewi’n ddigon hir i alaru go iawn, ond roedd y cwymp wedi cymell diflastod, a gwayw a sgrechiai trwy ei gorff. Darnau bach o edau'n ysgwyd: doedd o ddim wedi gallu stopio ysgwyd.

Bellach, wyth awr wedi'r cwymp, teimlai ychydig yn well. Doedd o ddim wedi sgwrsio'n ddigon hir â Dewi i deimlo euogrwydd mai fo siaradodd ag o olaf – roedd Dewi'n rhy bell o gyrraedd neb iddo allu meddwl bod unrhyw beth a ddywedodd wrtho wedi gadael unrhyw argraff arno, heb sôn am fod wedi'i gymell i neidio.

'O'dd e'n cadw i weud y bydde'r byd yn haws i fi hebddo fe,' meddai Rhian gan fagu ei phaned. 'A finne'n dadle 'da fe bob tro. Ond so bywyd hawdd yn bopeth, yw e? 'Wy'n gwbod 'ny... ers bore 'ma. Os yw hi'n ddewis rhwng Dewi a hawdd...'

Tawodd – am ei bod hi'n gwybod bellach fod y dewis wedi'i gymryd oddi arni.

'Buodd Dad farw cyn bo Dewi'n ddwy o'd a finne'n dair. O'dd Mam wastad yn gweud bod haul y bore yn 'i wyneb e a'r sêr yn 'i lyged e pan o'dd e'n grwt bach. Cyw melyn ola...' chwarddodd Rhian yn annwyl.

Gwelodd Eifion ddafnau bach o ddagrau ar ei hamrannau.

'A'th e'n dost pan o'dd e rhyw bymtheg o'd. O'dd Mam yn meddwl mai tyfu o'dd e, ond fe ddechreuodd e gwato pethe oddi wrthi, cau'i hunan miwn... neb yn ca'l mynd miwn i'w ystafell wely fe. O'dd Mam yn hen, lot hŷn na mame'n ffrindie ni, ac o'dd hi'n ffaelu dyall pam o'dd e mor elyniaethus... ffaelu dyall pam na alle fe fihafio. Wna'th neb ame 'i fod e'n diodde o unrhyw salwch. O'dd e arfer sgrifennu. Trwy'r dydd. Bydde fe'n dachre sgrifennu yn y bore, a ddim yn bennu tan y nosweth 'ny. A rwtsh o'dd y cyfan. Cymra'g, ie, ond do'dd dim synnwyr ynddo fe. 'I feddylie fe, 'na beth o'n nhw, a 'na'r drwg, achos ro'dd y cwbwl lot drwy'r trwch i gyd. 'Na pryd dechreuodd Mam fynd yn sâl... falle taw'r straen ddechreuodd e. Alzheimer's. Am rei blynydde, o'dd 'yn tŷ ni'n ddwlach lle nag unman arall ar y ddaear. Rhwng bod Mam ddim yn gwbod pwy ddwrnod o'dd hi a Dewi'n meddwl bod Iesu Grist, y diafol a Sant Pedr yn byw o dan yr un to â ni, fydde dim eiliad gall i' ga'l.'

Chwarddodd Rhian wrth gofio.

'Bob gaea, bydde fe'n gweu. Pan o'dd e ar 'i waetha. Un o'r doctoried wedodd wrtho fe fod gweu'n therapi da; "knit the black dog away" bydde fe'n gweud, gyda bob rhes. Ond a'th y sane bach yn drech na fe, a fynte'n trial 'u gweu nhw heb batrwm. Gath e eriôd fowr o batrwm. O'dd 'i ben e'n gwitho yn erbyn unrhyw drefen dreie fe roid arno fe.'

'Mi soniodd o am Ffran,' dechreuodd Eifion, i'w hannog i ddal ati i siarad. 'Ffrind iddo fo…'

Edrychodd Rhian yn ddryslyd arno.

'Sai'n cofio unrhyw Ffran,' meddai. 'O'dd hi mor anodd gwbod pwy o'dd 'i ffrindie iawn e a phwy o'dd y ffrindie yn 'i ben e.'

Edrychodd Rhian i lawr ar ei bysedd o'i blaen ar y bwrdd. Gwelodd Eifion hi'n pinsio'r cnawd ar gefn ei llaw. Yna, disgynnodd un o'r dafnau oddi ar ei hamrannau. Estynnodd Eifion ei law at ei llaw hi'n reddfol.

'Echnos,' dechreuodd Rhian eto, heb guddio'i chrio. 'A'th e lan i'w wely fel arfer, ond fe glywes i sŵn ganol nos. Sŵn whalu pethe'n bishys, ac es i lawr stâr. 'Na lle ro'dd e, fel 'se'r diafol yn 'i lyged e, yn smasio llestri, cadeire ac ornaments Mam, a'r llunie. Ro'dd e'n gweiddi ar rywun na alle neb ond fe'i hunan 'i weld, am adel llonydd iddo fe, am 'i adel e fod yn lle stwffo cylleth miwn yn 'i ben e. A droiodd e i edrych arno i, er taw ddim fi o'dd e'n weld, a codi pishyn o làs o'dd wedi torri ar lawr a'i ddal e yn 'i law nes 'i fod e'n gwaedu, druan bach. Wedyn hwpodd e'r glàs miwn i 'ngwyneb i. O'dd e ddim yn nabod fi, chi'n gweld. 'Na beth yw lle pell, ddim yn nabod 'i whâr 'i hunan. Ond pan godes i'n llaw at y cwt ar 'y ngwyneb diflannodd y diafol o'i lyged e, jyst fyla, fel 'se fe wedi'n nabod i, a dechreuodd e lefen. 'Wy ddim yn amal yn 'i weld e'n llefen. Dechreuodd e ddod ata i, a licen i feddwl bo fi ddim wedi camu 'nôl oddi wrtho fe, licen i feddwl 'ny…'

2 5

Rhag i ni fynd yn llwch ein hunain

ER MAI DIM ond pedair milltir o daith oedd rhwng Ael y Bryn a Chartrefle, anaml yr aethai Eifion i weld ei rieni yn ystod y blynyddoedd diwethaf. Ceisiodd feddwl pryd y bu yno ddiwethaf a chafodd sioc o sylweddoli bod o leiaf chwe mis ers hynny. Dim ond mynd yno i godi Dwynwen wnaeth o'r pryd hwnnw hefyd. Doedd o ddim yn un i loetran am sgwrs. Ar ôl i Cefni symud i Gaerdydd yn dilyn ei ysgariad, roedd Fiona wedi ceisio cael Eifion i gytuno i ofyn i'w rieni ddod atyn nhw i Ael y Bryn ar ddiwrnod Dolig, ond cafodd ei gwahardd rhag gofyn iddyn nhw. Yn nyfnder ei fod, gwyddai Eifion mai gwahodd trwbwl a wnâi hynny. Byddai ei fam yn siŵr o feirniadu eu ffordd o fyw, moethusrwydd y tŷ, dillad Fiona, ysblander yr addurniadau Dolig a'r cinio 'ffansi'. Doedd hynny'n poeni dim ar Fiona, ond nid hi fu mor anffodus â chael ei geni'n blentyn iddyn nhw.

Roedd Eifion wedi osgoi ymweld â nhw ers y bont, a Cefni wedi awgrymu wrtho am ei gadael hi am ychydig, fel y câi amser i ddod dros yr hyn a oedd wedi digwydd i Dewi. Cafwyd sgyrsiau ffôn estynedig rhwng y ddau frawd, yn trafod yr hyn a oedd wedi digwydd, gan ailymweld â'i brofiad a thyrchu drwy ei gof at yr hyn roedd o wedi'i ddweud yn union, at yr hyn roedd Dewi wedi'i ddweud, ac at eu sgwrs ar y bont arall yr wythnos cynt. Roedd o wedi mynd dros yr un digwyddiad sawl,

sawl gwaith a Cefni heb roi'r argraff unwaith fod Eifion yn ei ddiflasu. Roedd catharsis yn lles, meddai, a gadawodd i Eifion ailadrodd yr un ffeithiau nes syrffedu ei hun yn y diwedd.

Erbyn heddiw, roedd y dychryn a deimlodd wrth weld Dewi'n plymio i gyfeiriad yr afon yn dechrau pylu. Cofiai eiriau Dewi – 'sdim isie rhagor' – cyn iddo neidio, a'i chwerthin, fel plentyn yn cael ei ollwng yn rhydd. Yn wir, roedd mwy o ddychryn yn perthyn i'r hyn a ddywedodd ei chwaer am Dewi'n fyw nag unrhyw brofiad a gawsai Eifion yn ei gwmni ar drothwy ei farwolaeth.

Hefyd, roedd ganddo bethau i'w gwneud yn ei fywyd ei hun i gael gwared ar wahanol ddychryniadau yn hwnnw, felly i beth âi o i oedi dros farwolaeth Dewi a mudferwi dros yr un hen ffeithiau, fel pe bai ganddo unrhyw obaith yn y byd o'u newid? Roedd yr hyn roedd Dewi wedi'i ddweud wrtho ar y bont arall yn llawer mwy defnyddiol iddo rŵan, yn fodd ymarferol o symud ymlaen. A Cefni hefyd: roedd hwnnw fel bod newydd i Eifion bellach.

Trodd y gongl i olwg y tŷ ar ôl cerdded yno o'r ddinas am y tro cyntaf yn ei fywyd. Oedodd am eiliad i edrych arno, ac unwaith eto, er gwaethaf ei ysfa i deimlo'n wahanol, daeth ias o nerfusrwydd drosto. Doedd fawr o raen ar yr ardd bellach, y rhosod wedi'u gadael i dyfu'n heglog, hyll a'r gwair heb ei dorri ers amser. Go brin y byddai ei dad wedi gadael i hynny ddigwydd pan oedd Eifion yn byw yma.

Hen dŷ carreg oedd Cartrefle, tŷ oer, heb wres canolog yn agos ato. Daliasai ei rieni i gynnau tân nes i Cefni fynnu gosod lle tân bach nwy newydd a fyddai'n llawer llai o waith i'r ddau. Ffenestri bach sash oedd ar ei wyneb allanol, fel wyneb dyn a'i lygaid hanner ar gau, ffenestri a oedd yn rhy fach i adael digon o olau i mewn, yn union fel pe bai gormod o olau'n beryglus, yn foethusrwydd diangen. Cofiai Eifion am yr hen ddyddiau fel dyddiau o dywyllwch yn y tŷ, am fod cynnau golau trydan cyn ei bod hi wedi nosi'n llwyr y tu allan yn afradedd a ymylai ar bechod. Pethau tywyll oedd ei rieni iddo hyd heddiw o'r herwydd, creaduriaid yn trigo yn y cysgodion, ond a'r gallu ganddyn nhw i godi arswyd arno pe rhoddai gam o'i le.

Ceryddodd ei hun am hel meddyliau. Doedd ganddyn nhw fawr o bŵer drosto bellach.

Gwasgodd fotwm y gloch a methu ei chlywed yn canu yn y tŷ. Gwyddai fod posibilrwydd cryf fod llygaid yn y cysgodion y tu hwnt i lygaid tywyll y ffenestri wedi'i wylio'n nesu.

Ni roddodd ei fam ebwch o syndod o'i weld, fel roedd o wedi hanner ei ddisgwyl, wrth agor y drws iddo. Byddai'r un mor hawdd iddo yntau fod wedi rhoi ebwch o syndod, gan iddo gael ei ysgwyd wrth weld mor hen oedd y ddynes a safai yno. Doedd o ddim wedi sylwi cynt ar ddyfnder y rhychau ar ei bochau. A hithau bellach ar drothwy'r pedwar ugain, doedd fawr o syndod ei bod hi'n edrych yn hen. Rŵan, dyma fo'n wynebu canlyniad treigl araf amser, heb iddo sylwi cyn hynny arno'n treiglo.

'Dyn diarth,' meddai ei fam, a theimlodd Eifion wayw cyfarwydd ei llach arno.

Trodd hithau a dilynodd Eifion ei chefn bychan lled grwm i mewn i'r gegin fyw. Roedd hi bob amser wedi ymddangos cymaint mwy na'r hyn oedd hi, ei phresenoldeb yn llenwi ei ymwybyddiaeth a phob ystum o'i heiddo'n siarad cyfrolau wrtho, felly roedd gweld ei chrebachu'n sioc iddo.

Yno, o fewn cyrraedd i'r ychydig olau a ddôi i mewn drwy'r ffenest, eisteddai ei dad. Roedd yntau hefyd yn llai o gorff nag y cofiai Eifion. Daeth iddo'r syniad gwallgof ei fod yn eu gweld â llygaid newydd. Ond daliodd ei hun yn meddwl wedyn y gallai hynny fod yn wir mewn ffordd. Ers blynyddoedd, doedd o prin wedi edrych arnyn nhw wrth alw heibio ar wib i godi un o'r plant, neu ar neges ar ran Fiona. Oedd, roedd o'n eu gweld nhw'n heneiddio, ond doedd eu heneiddio ddim yn cael ei argraffu ar ei feddwl. Yr un rhieni a welai ag a welsai'n blentyn. A'r tro yma, ac yntau mewn bywyd gwahanol, roedd ei lygaid yn newydd. Rhyfedd, meddyliodd, bod yn rhaid ein newid ni ein hunain cyn i ni weld pobl eraill fel maen nhw go iawn.

'Ia,' cyfaddefodd wrth gamu ymhellach i mewn i groth dywyll yr ystafell.

Eisteddodd gyferbyn â'i dad, a chymerodd hwnnw rai eiliadau i godi ei ben o'i groesair i edrych arno a sylweddoli pwy oedd yno. Byddai'r hen Eifion wedi gweld hynny'n ymgais ar ran ei dad i gogio nad oedd o'n ei nabod o gan mor anaml y galwai. Ond heddiw, gallai weld mai hen ddyn oedd yn symud ei ben tuag ato, mai hen ymennydd oedd yn mynd drwy'r broses o nabod yr hwn a eisteddai gyferbyn ag o.

'Eifion,' meddai ei dad.

'Ia,' meddai ei fam, a safai wrth ei ymyl, fel pe bai'n canmol ymdrech ei dad i gofio pwy oedd y mab hwn na welsai ers cyhyd.

'Be t'isio?' meddai ei dad, ac unwaith eto, aeth gwayw drwy Eifion. Yn ei feddwl o, waeth pa mor hen, doedd ei dad ddim yn gallu dirnad bod Eifion yn galw heb fod arno eisiau rhywbeth. Hyd yn oed os oedd ganddo sail dros feddwl felly, yr hyn a frifai Eifion i'r byw oedd y ffaith i'w dad ddweud hynny, gan ddangos mor eglur â'r dydd i Eifion cyn lleied roedd o'n ei ddisgwyl ganddo.

Osgôdd Eifion ei ateb. 'Su' ma'r goes?'

'Gwaethygu.'

'Ia?'

'Ia, be arall w't ti'n ddisgwyl yn ein hoed ni? Does dim gwella i betha.'

Doedd o ddim yn arfer cwyno, meddyliodd Eifion. Cwyno

oedd yr hyn a wnâi pobl wan, pobl heb asgwrn cefn i wynebu'r byd a'i orthrymder yn stoicaidd, gadarn. Cwyno a wnâi collwyr, sbynjars a wêstars, fel pe bai ar fywyd rywbeth iddyn nhw heb ddim ymdrech ar eu rhan. A dyma'r cawr anffaeledig yn fychan fethedig, yn ymroi i gwyno yn ei gadair freichiau.

'Fedrith o'm cerddad yn bellach na'r giât wedi mynd,' meddai ei fam. 'A fynta'n arfar cerddad mynyddoedd.'

Cofiodd Eifion am y mynych Sadyrnau pan gâi ei halio o'i wely cyn iddo ddeffro'n iawn, fo a Cefni, a'u llusgo i fyny ryw fynydd 'yn lle pydru yn dy wely'. Ble byddai ei dad o heddiw tasa fo wedi pydru mwy yn ei wely a methu ticio pob un o'r pedwar copa ar ddeg a'r rhan fwyaf o gopaon eraill Eryri oddi ar ei restr, fel pe bai parhad gwareiddiad yn dibynnu ar hynny? Mewn cadair olwyn? Ynteu'n rhedeg marathon?

'Isio pres wyt ti?'

Rhythodd Eifion ar ei dad. Cofiai nad oedd o'n un i falu awyr, ond nid oedd o'n arfer bod cweit mor blaen wrth ddod at y pwynt. Rhaid bod henaint yn gwneud iddo feddwl bod amser yn brin, meddyliodd, a bod rhaid anghofio'r malu cachu. Mynd yn syth at y gwir cas, heb wastraffu eiliad.

Gwyddai Eifion mai gofyn am bres a wnaethai y tro diwethaf y treuliodd o fwy na chwarter awr yn y tŷ hwn, ac mai dyna wnaeth o, fwy na thebyg, pan eisteddodd o gyferbyn â'i dad ddiwethaf. Ond hyd yn oed wedyn...

'Naci,' meddai Eifion. 'Galw i'ch gweld chi, dyna i gyd.'

'O? Achos mi oedd Fiona'n deud fod petha'n dynn.'

'Ydan,' meddai Eifion. O leiaf roedd Fiona wedi gwneud cyffesu'n haws, wedi paratoi'r ffordd. O nabod ei rieni, dim ond y gwaethaf fydden nhw'n ei ddisgwyl ganddo beth bynnag. 'Neu mi oeddan nhw'n dynn. Fedra i'm deud bod hynny'n wir bellach, mewn ffor o siarad.'

'Pam?' holodd ei dad. 'Ydi'r garej wedi mynd dani?'

'Do,' meddai Eifion. 'Y garej, a bob dim. Fuis i mor dwp â dal gafael mewn rhyw obaith y dôi pob dim yn iawn, y byswn i'n medru troi'r llanw, ac erbyn iddyn nhw beidio â bod yn iawn, ac i finna sylweddoli nad oedd modd troi'r llanw, roedd hi'n rhy hwyr i roi'r tŷ yn enw Fiona.'

'Dwyt ti erioed wedi bod yn un i gyfadde methiant,' meddai ei fam.

Trodd Eifion ati gan deimlo'r dymer yn codi o'i ymysgaroedd. 'Be dach chi'n galw hyn 'ta?'

Rhaid bod ei lais o'n uwch nag y bwriadai iddo fod, gan i'w fam gamu'n ôl oddi wrtho ac eistedd ar y soffa.

''I chael hi 'nest ti p'run bynnag,' meddai wrtho, 'nid 'i phrynu hi, na gweithio amdani. 'Dio'm fel 'sa chdi'n waeth dy fyd na chyn i ti 'i chael hi felly.'

'Dwi wedi rhoi bron i ugain mlynedd o chwys i mewn iddi.' Fedrai o ddim bod yn dawel – roedd anneallltwriaeth ei fam yn mynnu ei fod o'n ffrwydro. Roedd yn rhaid iddi ddeall, fedrai hi ddim mynd drwy weddill ei bywyd yn bod mor eithriadol o ddi-glem ynghylch pwysigrwydd ei fusnes i Eifion. 'Dyna ydi 'mywyd i wedi bod ers ugain mlynedd, sut gallwch chi fod mor dwp na allwch chi weld hynny?'

Hanner disgwyliodd i'w dad godi o'i gadair a hofran fel tŵr uwch ei ben a'i labyddio'n eiriol am siarad mor amharchus â'i fam, ond dim ond rhythu arno a wnaeth.

'Dwi'n dallt hynny siŵr!' Roedd min ar lais ei fam. 'Dy gysuro di o'n i'n trio'i neud, y ffŵl bach.'

Dyma'r tro cyntaf i Eifion, ers iddo gyrraedd Cartrefle, deimlo mai ei hen fam, y fam a arferai fod ganddo, oedd yn siarad. Eisteddodd yn ôl yn ei gadair a phinsio'i drwyn. Caeodd ei lygaid yn dynn ac anadlu'n ddwfn. Beth oedd arno'n gwylltio? Doedd dim ar ôl i wylltio yn ei gylch. Doedd gan ei rieni ddim i'w wneud â'i drafferthion – na'i ymdrech i geisio'u goresgyn.

Rhyngddo fo a'i deulu roedd hynny, ei wraig a'i blant – y frwydr fawr i'w hennill nhw yn ôl. Doedd ei dad a'i fam ddim yn rhan o hynny.

Ymhen hir a hwyr, siaradodd ei dad eto.

'Oes 'na rwbath fedrwn ni neud?'

Ysgydwodd Eifion ei ben heb agor ei lygaid. Dim byd.

'Ddudodd Fiona fod petha'n anodd. Mai dyna pam mae hi efo Dwynwen. Mi fysa'n bechod i chdi golli Fiona,' meddai ei fam.

Dyna fo eto, yr awgrym ym mhob dim a ddywedai ei fam mai fo oedd wrth wraidd pob bai. Aeth ias oer drwyddo wrth ystyried y posibilrwydd fod Fiona wedi sôn wrthyn nhw am y ffrae, amdano fo a'i ddyrnau. Sut y cyrhaeddodd o'r fath bydew yn ei fywyd, ei fod o wedi codi dwrn at yr un peth, yr un person, oedd wedi bod yno'n gefn iddo drwy'r cyfan? Pam roedd hi wedi cymryd dieithryn ar bont i wneud iddo sylweddoli hynny?

Gwelodd Dewi eto'n hedfan tuag at ddifodiant. Sut roedd cadw'r ffocws ar yr hyn oedd yn bwysig go iawn? Agorodd ei lygaid a syllu ar ben-glin cryd cymalog ei dad.

'Fedrwn i byth neud dim byd yn iawn.' Plygodd Eifion ei ben. Roedd o'n benderfynol o fwrw ei fol y tro hwn, hyd yn oed pe costiai hynny ei berthynas â'i rieni weddill eu hoes iddo. Gobeithiai na ddôi i hynny, y dôi rhyw ddeall rhyngddyn nhw. Ond roedd yn rhaid iddo gymryd y risg. 'Cefni oedd yn iawn bob amser, ddim fi.'

'Paid â gorliwio,' meddai ei fam, a'i llais yn amlwg heb fawr o gydymdeimlad â'i ysfa i godi crachen.

'Ma'n wir,' daliodd Eifion ati, heb allu codi ei ben i edrych yn eu llygaid. 'Fi oedd yr hogyn-drwg erioed.'

'Paid â mwydro!' Ei dad y tro hwn. 'Chest ti rioed gosb nad oeddet ti'n 'i haeddu, i ti ga'l dallt. Fyswn i ddim yn gneud hynny. Disgyblaeth deg, dyna roeddwn i'n gredu ynddi, a dyna dwi'n gredu heddiw.' Oedodd am eiliad a daeth mwy o daerineb i lais yr hen ddyn. ''Nes i rioed ddolur go iawn i chdi.'

'Ella bo chi ddim yn sylweddoli,' dechreuodd Eifion. 'Ond mi dyfis i'n ddyn yn meddwl mai fi oedd yn ddrwg a Cefni oedd yn dda. Ma hynny wedi lliwio pob dim.'

'Dod yma i chwilio am esgus dros dy fethiant wyt ti?' holodd ei dad yn llym. 'Isio i ni ysgwyddo'r bai am bo chdi 'di colli dy fusnas.'

Anadlodd Eifion yn drwm. Doedd o'n cael dim goleuni o siarad am bethau oedd yn rhy chwerw i'w hystyried, heb sôn am eu trafod.

'Disgyblaeth deg,' dechreuodd ei dad. 'A gwobr am lwyddiant a daioni.'

'Ches i rioed wobr,' mwmiodd Eifion.

Saethodd ei fam ar ei thraed.

'Wel, do, hogyn! Be haru ti? Mi gest ti sawl gwobr!'

'Fatha be? Mi gafodd Cefni garej am fod yn hogyn-da yn angladd Nain Rhos, mi gafodd o fynd i'r gêm, mi gafodd o…'

'Gwobr cystadleuaeth radio oedd y gêm.'

'Ia, ocê, ond mi gafodd o fynd i weld James Bond, a mi gafodd o…'

'Ac mi gest ditha'r set Lego 'na!' saethodd ei fam ar ei draws. 'Am ga'l dy ddewis i'r tîm pêl-droed.'

'Pa Lego?'

'Anfarth o gar mawr glas,' porthodd ei dad. 'Prin wnest ti gyffwrdd ynddo fo.'

Daeth rhith o atgof i feddwl Eifion drwy niwl amser.

'Ac mi aeth dy dad â chdi i'r Cae Ras i weld Wrecsam dwn i'm sawl gwaith,' edliwiodd ei fam. Roedd ôl siom ar ei llais, sŵn a fradychai ei chlwyf.

Cofiodd Eifion ei dad yn mynd ag o i weld y pêl-droed.

'Do, unwaith…'

'Sawl gwaith!' cododd llais ei dad. 'Wyt ti isio i fi fynd i sbio am y tocynna, maen nhw yma, ma'n siŵr gen i… hen docynna gêma, y cwbwl yma, wedi'u cadw, dyn a ŵyr pam, er mwyn i ni allu profi i'n plant nad oeddan ni'n ddreigia wedi'r cyfan, er gwaetha be ma'n plant ni'n feddwl. Dwn i'm wir, profi… profi… dwn i'm…'

'Paid â chynhyrfu!' Aeth ei fam at gadair ei dad a rhoi ei llaw ar ei ysgwydd. ''Sna'm isio cynhyrfu…'

'Sori,' meddai Eifion. 'Ddim fel'ma o'n i isio iddi fod.'

'Byth ers pan oeddach chdi'n fawr o beth,' meddai ei fam mewn llais diemosiwn, 'mi wyt ti'n credu dy fod di wedi cael cam. Mae o'n rhan o dy wead di. Ma'n ddrwg gen i mai felly mae hi, Eifion. Yn wirioneddol ddrwg gen i.'

Roedd y cryndod yn ôl yn ei llais. Plygodd Eifion ei ben eto. Roedd o'n casáu'r ffordd roedd pethau'n mynd. Daethai yno i glirio'r mwrllwch, i wneud synnwyr o bethau, i greu pont yn ôl at ei rieni yn eu blynyddoedd olaf, nid i ddadlau dros pwy gafodd pa degan. Daethai yno i geisio dallt fo'i hun yn well. Roedd o wedi dechrau gweld pethau'n gymaint cliriach ers iddo fo golli ei afael ar y garej, ac ers iddo gyrraedd y gwaelodion ar ei bont y noson o'r blaen. Ac ers deuddydd, a Dewi, Dewi'n hedfan, a Rhian â'i chraith yn weddill o'i brawd…

'Fysa hi wedi bod yn well taswn i'n ferch?' holodd Eifion wedi saib annifyr.

'Ella,' meddai ei fam. 'Mi fysa'r gystadleuaeth rhyngdda chi'n wahanol.'

'P'run ddoth gynta?' holodd Eifion. 'Fi'n wahanol, 'ta chi'n gweld gwahaniaeth rhyngthan ni?'

'Pwy a ŵyr,' meddai ei fam yn drist. 'Pwy a ŵyr pa lanast naethon ni o betha.'

Aeth yn ôl i eistedd ac roedd ei hysgwyddau crwm yn adleisio'r tristwch yn ei llygaid. Teimlai Eifion fel pe bai o wedi'i thrywanu. Roedd o wedi'i chael hi i gyfaddef methiant, am y tro cyntaf yn ei fywyd, wedi dargyfeirio'r methiant a deimlai o i ysgwyddau rhywun arall, ac ni theimlai iot gwell o wneud hynny. Drwy ei oes, bu'n beio'r ddau yma, a rŵan ei fod o wedi cael gair o gyffes gan ei fam, teimlai'n fudur.

Pa hawl oedd ganddo i edliw'r gorffennol iddyn nhw, ac yntau cyn waethed tad ag oedd ei dad? Roedd o wedi'u beio nhw am hynny hefyd, wedi trosglwyddo'i gyfrifoldeb dros ei ymddygiad ei hun i'r ddau yma, wedi parcio'i fethiannau â'i blant ei hun wrth ddrws eu garej nhw.

Unwaith eto, cafodd Eifion ei hun yn meddwl mai nhw oedd wrth wraidd y teimladau hyn ynddo hefyd, eu bod nhw, unwaith eto, wedi llwyddo i wneud iddo deimlo'n ddrwg drwy gyfaddef eu rhan eu hunain yn yr hyn a'i gwnaeth yr hyn oedd o. Doedd dim diwedd ar y cylch dieflig, dim pen draw ar y troi a'r gwyrdroi a'r llurgunio a'r holl hen ach i gyd.

Cododd ei fam a mynd drwodd i'r gegin i wneud paned. Trodd ei dad ei ben i edrych allan drwy'r ffenest ar y lôn fach a basiai'r tŷ at weddill y pentref.

Gadawodd i'r tawelwch wneud mwy o synnwyr o bethau nag y gallai sgwrs. Synnai, i ryw raddau, ei fod o'n dal i eistedd yno. Byddai'r hen Eifion wedi hen fynd a byddai'r hen Mr a Mrs Hughes wedi hen ddweud wrtho am fynd. Ond doedd o ddim wedi gadael, a'i rieni heb ofyn iddo adael, er gwaetha'r annifyrrwch a deimlai'r tri. Rhaid bod henaint yn ein gwanychu ni i gyd, meddyliodd Eifion.

Cododd i edrych ar y lluniau ar y ddresel fawr. Gwenai Dwynwen a Fiona yn ôl arno, a Deio mewn llun arall ym mhen draw'r byd. Gwelodd Rheinallt a Brengain mewn gwisg ysgol, a Gwen a Cefni fraich ym mraich tua'r adeg roedden nhw'n canlyn.

Edrychodd o'i gwmpas ar weddill yr ystafell, ar y tirluniau

bach di-fflach ar y waliau o wahanol gopaon yn Eryri, ar y cadeiriau blodeuog, twt a'r antimacasars ar eu breichiau a'u cefnau, ar y teledu bach hynafol, disylw yn y gornel a fwydai S4C allan i'r ddau yn nosweithiol ddi-ildio. Carchar fu'r lle hwn iddo erioed. Sut nad oedd o'n garchar i'w rieni? Amser, debyg. Arfer.

Gostyngodd ei drem at y carped brith o dan ei draed, heb lychyn yn agos iddo. Rhaid bod ei fam yn dal i hwfro'n ddyddiol, angen neu beidio. Cofiai'r eisteddfodau o hwfro (gwir Eisteddfodau'r Llwch), a'i fam yn gorchymyn i'r tri arall godi eu coesau wrth iddi hyrddio'r teclyn swnllyd tuag atyn nhw.

Un genadwri oedd i'w bywyd: cael gwared ar y llwch. Roedd gan eraill frwydrau amgenach i'w hymladd – rhyfeloedd yn erbyn terfysgaeth, cyffuriau a throseddau – ond rhyfel yn erbyn y llwch oedd yn rhoi ffrâm ac ystyr i fywyd ei fam, fel i filiynau o rai eraill ym mintai gref y llwchddifawyr (byddin fwy niferus na phob un o fyddinoedd cenhedloedd y ddaear wedi'u cyfuno). A pham? I be? Rhag i'r llwch ein meddiannu ni (gronynnau ein gilydd yn ein hanadl ni, Dewi). Dyna'r oll a wnawn i gyd, meddyliodd. Osgoi'r llwch, ei oresgyn, ymrafael rhag i ni rannu gronynnau o lwch ein gilydd, rhag i ni fynd yn llwch ein hunain. Rhyfel aflwyddiannus rhag y llwch, sy'n anorfod yn ein trechu ni, yn ein troi ni yr un fath â fo'i hun, yn rhwygo gwead yr atomau yn ein gilydd, rhag ei gilydd, yn rhydd.

Go brin mai dyna'r math o beth fyddai'n mynd trwy feddwl ei fam wrth iddi fwrw ei Dyson dros batrwm ei charped.

Daeth ei fam â hambwrdd o'r gegin a thri chwpanaid o goffi arno. Gosododd yr hambwrdd ar fwrdd bach yn ymyl braich y soffa ac estyn cwpan i Eifion. Diolchodd yntau iddi ac eistedd eto yn y gadair gyferbyn â'i dad wrth y ffenest. Rhoddodd ei fam gwpan ar fwrdd bach arall gan ofalu ei fod o fewn cyrraedd i'w dad.

'Mi gei di ddod yma os wyt ti isio,' meddai ei fam wrtho. 'Tan gei di le gwell.'

Diolchodd iddi am ei chynnig, ond eglurodd ei fod eisoes wedi dod o hyd i fflat, a'i fod wrthi'n dechrau cael ei draed dano yn y fan honno. Eglurodd hefyd nad oedd gan Dwynwen ddigon o le iddo fo a Fiona, ond y caen nhw hyd i rywle gyda'i gilydd gyda hyn.

Gwyddai nad oedd ganddo sail yn y byd dros ddweud na chredu'r fath beth, ond beth arall allai o ei ddweud wrth y ddau?

'Ma Cefni'n siŵr o ddod i fyny cyn diwedd y gwylia,' meddai ei fam. 'Chwara teg iddo fo, ma'n gneud ymdrech i ddod bob gwylia, er mor bell ydi Caerdydd. Fydd raid i chdi roi dy gyfeiriad newydd iddo fo ga'l dŵad draw ata chdi am sgwrs. Ella medar o dy helpu di.'

'Sut?'

'Dwn i'm. Gair o gyngor. Fydd Cefni ddim chwinciad yn rhoi trefn arna chdi.'

Daeth llun o Dewi'n hedfan i'w feddwl, ond yn lle taro'r dŵr, daliodd ati i hofran, ac wrth i chwa o wynt ei daro, cododd yn yr aer, a hedfan dros y pontydd. Yr un pryd, teimlodd Eifion rywbeth yn rhoi ynddo, rhyw ddrws oedd wedi'i gau, yn agor, a thrwyddo llifodd yr holl hen ach i gyd allan yn rhydd ohono, a'i adael o'n fo'i hun am unwaith, yn fo'i hun heb y teimladau eraill. Doedd ei rieni ddim yn ei gyffwrdd bellach, roedd o wedi cerdded allan yr ochr draw, i ffwrdd oddi wrthyn nhw. Bron na chwarddodd wrth deimlo'r rhyddhad. Yn sydyn iawn, roedd o wedi sylweddoli nad oedd arno'u hofn nhw mwyach.

'Dim ond isio i chdi fod yn hapus ydan ni,' meddai ei dad o rywle.

Un edefyn oedd i'r we. Dim ond un. Un edefyn cryf. Wedi'r holl flynyddoedd, yr holl edliw a beirniadu a phwdu a gwatwar, hwnnw oedd yno'n dal yn gwlwm rhyngddo a'i rieni, i'w ail-greu â'i blant ei hun yn edefyn gwell, yn gyfle arall. Unig uchelgais rhieni, hynny bach, yn fwy na phob dim, yn anos na dim i'w gyrraedd, ond yn syml iawn, iawn: 'mond bo chi'n hapus.

A'i le fo oedd cryfhau'r edefyn, gwella'r berthynas rhwng rhieni a'u plant, efo'i blant ei hun. Dysgu drwy wrth-esiampl yn hytrach nag esiampl weithiau, ond dysgu'r un fath, tyfu, gwella, clymu'n dynnach. Roedd ganddo ffordd bell i fynd, ond o ddechrau heddiw yn lle fory, câi ddiwrnod yn fwy o amser i wneud hynny.

'Ti'n dechrau britho, hogyn,' meddai ei fam ymhen ychydig, gan godi ar ei thraed i fynd â'r cwpanau gwag i'r gegin. Rhedodd ei llaw drwy ei wallt, a methu cadw'r chwerthin o'i llais. Nid chwip i'w fflangellu oedd ei geiriau hi ym meddwl Eifion mwyach, gwawriodd arno. Rhyfeddodd ato'i hun: roedd yn gweld ei hun yn ddieithr.

Ystyriodd eto sôn am Cefni. Cefni ei hun oedd wedi gofyn iddo wneud, wedi'r cyfan. Ond câi hynny aros.

Eisteddodd am amser yng nghwmni ei dad wrth i'w fam fynd ati i olchi'r cwpanau coffi. Ni ddywedodd yr un o'r ddau air wrth ei gilydd, dim ond gwrando ar glencian llestri dan law ei fam, meddwl eu meddyliau a gwylio'r dydd yn mynd heibio drwy'r ffenest fach.

Trodd ei dad ato ymhen hir a hwyr, yr un pryd yn union ag y cododd Eifion ar ei draed, yn barod i fynd.

'Ddoth Gwen ddim efo chdi?' gofynnodd.

Syllodd Eifion arno heb wybod beth i'w ddweud. Yna, roedd ei fam yn yr ystafell, wedi clywed drwy'r drws bach a arweiniai drwodd i'r gegin. Edrychodd ar Eifion yn llawn dychryn.

‘Paid cymyd sylw,’ sibrydodd a throi at ei gŵr. ‘Naddo siŵr. Eifion ’dio, ddim Cefni,’ meddai wrtho’n amyneddgar.

‘Fedra i weld hynny, medraf,’ meddai ei dad yn biwis.

Trodd ei fam yn ôl at Eifion.

‘Fel hyn mae o’r dyddia yma.’ Gwnaeth ymdrech i swnio’n ddidaro. ‘Ei oed o, ma’n siŵr. Pawb yn drysu ’chydig wrth fynd yn hŷn.’

Ni adawodd i’w llygaid gwrdd â rhai Eifion.

‘’Mond ers rhai misoedd,’ meddai hi, fel pe bai’n medru darllen yr ofn ynddo. ‘Fawr o ddim byd, ond weithia ti’n sylwi.’

‘Sylwi be?’ meddai ei dad. ‘Ista, Cefni, ista wir dduw yn lle bo chdi’n gneud i’r lle ’ma edrych yn flêr.’

‘Eifion,’ cywirodd ei fam yn ddistaw.

‘Ia, Eifion ddudis i,’ meddai ei dad.

Gwenodd ei fam ar Eifion, a’i droi at y drws rhag dweud gormod yng ngŵydd ei dad.

‘Mynd a dod mae o. Gawn ni air eto. Dos di rŵan,’ meddai.

26

Y bont

ANELODD EIFION I mewn i'r dafarn. Archebodd goffi iddo'i hun a gofyn i'r ferch y tu ôl i'r bar ddod ag o allan iddo yn yr ardd gwrw. Aeth allan a dewis mainc – câi lonydd ar ei ben ei hun i syllu ar y bont. Ei bont o a Dewi.

Ceisiai'r haul ddangos ei wyneb, a gobeithiai Eifion y dôi i'r golwg yn iawn iddo gael cynhesu ei wyneb: dylai fod wedi gwisgo côt. Ta waeth, mi wnâi'r coffi gynhesu rhywfaint ar ei du mewn, a buan y byddai'n diolch am gysgod cwmwl pe bai'r haul yn oedi'n rhy hir ar ei fochau.

Disgleiriai'r bont mewn mannau wrth i ddau frig ei thyrau synhwyro pelydrau'r haul. Codai'n hardd a chywrain yng ngolau dydd, heb unrhyw fygythiad yn perthyn iddi wrth i fflyd o geir ymestyn drosti o un lle i'r llall gan wybod yn union i ble'r aent. Bocsys bach amryliw dros lwyd golau'r trawstiau, fel llif drwy feinweoedd cymhleth yr adeiladwaith, a'r ddau frig fel dau begwn i'r un endid, dau fywyd mewn un, ei fywyd o ac un Dewi.

Aethai'r ddau at y bont â'r un bwriad, meddyliodd Eifion. Ar yr un perwyl. Nes i drafferthion Eifion dynnu Dewi rhag ystyried ei rai fo, am ychydig o leiaf. Beth wnaeth iddo ddewis y bont arall yn lle hon wedyn? Ni châi wybod, ac nid oedd arno eisiau gwybod. Mae pen draw i chwilfrydedd, ffin nad yw'n werth ei chroesi. Rheilin rhwng byw a marw yn nhwll du'r afon.

Wrth eistedd yn gwylio'r bont, sylweddolodd Eifion ei fod o

wedi gadael y pwysau i gyd ar ôl ar y bont dros wythnos yn ôl bellach: y problemau, ei ddyledion a'r colledion oll. Nhw oedd wedi neidio, nid fo. Roedd o wedi'u dadwisgo a'u taflu dros yr ymyl i'r twll du, fel y dywedodd Dewi wrtho am ei wneud, ac roedd o wedi cerdded oddi ar y bont yn noeth ar ei du mewn, yn noeth fel roedd o rŵan, a'r haul yn chwarae mig ar ei wyneb, fel coflaid dyner llaw mam dros dalcen blinedig.

Daeth y weinyddes â'i goffi iddo, a gwenodd yntau arni wrth ddiolch iddi.

'Diwrnod braf,' meddai wrthi, gan ei feddwl go iawn.

'Yndi, ar fel ma 'i wedi bod,' meddai hithau cyn diflannu yn ôl i'r gegin.

Soniasai Eifion wrth Cefni am ddryswch ei dad cyn iddo adael Cartrefle y bore hwnnw, ond brws ysgafn a ddefnyddiodd i drosglwyddo'r wybodaeth, rhag i'w frawd boeni gormod. Câi'r drafodaeth ynglŷn â chyflwr iechyd ei dad aros am y tro. Roedd Cefni o'r diwedd wedi magu digon o ddewrder i ddweud y dôi i fyny i wahodd ei rieni i'w briodas ei hun, heb i Eifion orfod dweud gair wrthyn nhw. Diolchodd Eifion ei fod wedi dod at ei goed o ran hynny. Ni cheisiodd ddychmygu beth fyddai ymateb ei rieni i newyddion Cefni: nid ei le fo oedd dychmygu. Gallai fod yn gefn i Cefni am y tro cyntaf yn ei oes, fel roedd Cefni wedi bod iddo fo ar hyd ei fywyd. Sut na welsai o hynny tan rŵan?

A sut na welsai Eifion y baich roedd Dewi'n ei gario o dan y gôt law byglyd a'r crys-T tu chwith y noson honno? Roedd ei drafferthion ei hun yn ei lethu fel na sylwodd ar y bachgen yn y dyn yn sgrechian am help. Ond roedd Dewi'n ddieithr iddo pan ymddangosodd o'r tywyllwch. Sut roedd disgwyl iddo wybod pwy oedd o y tu mewn, fo na'i ddiafoliaid? Roedd y tabledi'n amlwg yn ei gynnal, yn gwneud iddo ymddangos yn greadur mor normal ag Eifion ei hun (fawr o fesur, meddyliodd wrth gofio). Ai dyna'r drwg? Ai'r tabledi roddodd iddo'r eglurder meddwl a ddatgelai'r gwirionedd am y clefyd na allai Dewi mo'i wynebu rhagor?

Roedd Eifion wedi achub bywyd Dewi am rai nosweithiau. I be? Iddo fynd adre'n ei ôl i drywanu ei chwaer a mynd ati wedyn i wneud yr hyn roedd o wedi bwriadu ei wneud yr wythnos cynt? Oedd o'n hanner gobeithio y byddai Eifion arall ar y bont arall i dynnu ei sylw oddi ar ei orchwyl?

Llyncodd Eifion weddillion ei goffi. Roedd gwawr aur wedi disgyn ar y bont wrth i'r haul suddo'n is dros Sir Fôn. Gosododd ei gwpan yn ôl ar ei soser a mynd â hi'n ôl at y bar. Tynnodd y tusw bach o hanner dwsin o rosod a brynasai ar y ffordd yno o'r bag plastig a dechrau cerdded at y bont.

Roedd Eifion wedi mynd ar ei union i fflat Dwynwen ar ôl gadael Cartrefle. Teimlai fel pe bai rhyw rym yn ei gario yno, yn mynnu ei dynnu yno, ac na allai ei wrthsefyll. Cerddodd yr holl ffordd i ganol y ddinas: roedd ganddo ddigon yn ei boced i allu fforddio bws, ond doedd ganddo ddim digon o amynedd aros am un. Roedd ar frys i gyrraedd.

Doedd hi ddim yn fwriad ganddo aros yn hir. Doedd hi ddim yn fwriad ganddo chwaith fynd i arllwys ei fol wrth Fiona am yr hyn oedd wedi digwydd iddo dros y dyddiau diwethaf na'i diflasu drwy restru addewidion y byddai'n newid.

Ni fu'n rhaid iddo boeni llawer beth i'w ddweud wrthi gan nad oedd hi yno p'run bynnag. Dywedodd Dwynwen wrtho ei bod hi wedi mynd draw am dro at y pier. Prin y llwyddodd Eifion i ffarwelio'n iawn â'i ferch cyn troi ar ei sawdl ac anelu yno.

Cafodd hyd iddi ychydig lathenni o'r pen draw. Welodd hi mohono fo'n syth. Teimlodd ei galon yn rhoi llam wrth ei gweld, fel pe bai heb ei gweld yn iawn ers amser hir. Brysiodd ei gamau fwyfwy i'w chyfeiriad.

'Fiona…' ebychodd, allan o wynt yn llwyr. 'Dwi 'di bod yn chwilio amdanat ti.'

'Be sy?' meddai honno wrth weld y fath stad arno.

'Dim…' Ceisiodd Eifion gael ei wynt ato. 'Dim byd. Isio dy weld di.'

'Be 'di'r brys?' holodd Fiona.

A dyna pryd y sylweddolodd Eifion fod brys, fod brys gwirioneddol.

'Isio dechra o'r dechra,' byrlymodd tuag ati. 'Isio gneud hynny rŵan. Fatha tasan ni'n ifanc eto, yn cwarfod eto, i fi gael bod yn rhywun arall, ddim yn rhywun newydd, dydi hynny ddim yn ddigon da. Ma dynion yn deud o hyd eu bod nhw'n bobol newydd. Fedra i ddim ond dangos drwy fyw, Fiona, dydi addewidion ddim yn gneud y tro. Isio profi i ti ydw i…'

'Hei, hang on,' torrodd Fiona ar ei draws, 'ella bo chdi isio hynny, ond fedri di'm jest clician dy fysidd a disgwyl i bawb arall gymyd 'u lle yn dy blania di.'

'Na fedra,' meddai Eifion, a phwyllo mymryn. 'Na fedra, siŵr. Ond mi ydw i ar frys. Cym di dy amser, Ffi, 'mond paid â cau'r drws arna i. Cym gymint o amser ag rwyt ti isio, ond mi ydw i am ddechra o'r dechra – rargol, dwi *wedi* dechra o'r dechra. Es i i weld Cefni, a Mam a Dad, a mi ydan ni'n mynd i helpu Cefni, chdi a fi, i drefnu'r briodas 'ma a… gneud yn siŵr bod Mam a Dad yn gneud yn iawn efo Cefni…'

Rhythodd Fiona arno fel pe bai'n rhywun arall.

'Welist ti Cefni…?' Syndod.

'Ti dy hun awgrymodd.'

''Nes i fawr feddwl…'

'Es i i lawr i Gaerdydd, a mi fuon ni'n siarad. A mi ydw i'n mynd i gael gwaith, rwla, 'mbwys ble…' byrlymodd wrth ei wraig, 'a dechra eto efo llechan lân.'

Cofiodd am Marian.

'Fydd hi ddim yn hawdd, Ffi,' dechreuodd wedyn, gan estyn ei freichiau o bobtu iddo. 'Mi wnes i betha…'

'Ia, iawn,' meddai Fiona'n ddigon diamynedd, yn union fel pe bai hi ddim eisiau clywed.

Ond gwyddai Eifion y byddai'n rhaid iddo ddweud wrthi er mwyn iddyn nhw gael symud ymlaen efo'i gilydd. Byddai'n rhaid iddi gael gwybod am Marian.

'Petha ma'n rhaid i fi ddeud wrtha chdi,' meddai Eifion, a'i lais yn torri. 'Sgen i neb arall, Ffi, ddim go iawn. Sgen ti'm syniad cymaint o waith madda sy gen ti i neud eto…'

Nodiodd Fiona'n bwyllog, heb dynnu ei llygaid oddi arno. Ei llygaid annwyl, ei hwyneb annwyl, fel pe bai hithau hefyd yn newydd iddo.

'Mae 'nychymyg i wedi bod yno'n barod,' meddai Fiona'n ddistaw. 'Ma gen i syniad, cred ti fi.'

'Mi fyddwn ni angen siarad…' meddai Eifion, er mwyn iddi ddeall na châi'r aflendid grawni yn ei dychymyg. I'w waredu, byddai'n rhaid gwyntyllu'r cyfan.

Am Marian. Ac am Dewi: roedd gwaith siarad am bethau heblaw aflendid hefyd, roedd ganddi ŵr newydd i ddod i'w nabod, a'i le fo oedd dangos iddi sut y daethai'n rhywun arall.

'Dydi petha ddim yn fêl i gyd yn sydyn reit, 'mond am bo ti'n deud 'u bod nhw.'

'Na 'dan, wn i,' meddai yntau'n ddistaw.

Mentrodd Eifion estyn ei fraich ati, llaw agored i anwesu ei boch. Gadawodd Fiona iddo wneud hynny am eiliad neu ddwy, cyn troi i edrych ar y môr. Hanner gwrthodiad, meddyliodd Eifion, sy'n hanner derbyniad, yndi ddim?

'Cym di dy amsar, Ffi,' meddai Eifion wrthi.

Wedyn, roedd o wedi cerdded oddi wrthi. Câi Fiona fynd yn ôl at Dwynwen. Âi o ddim i'w gweld eto. Mi gâi hi ddod ato fo, meddyliodd, yn llawn o'r un cymysgwch o hyder a nerfusrwydd ag a deimlai pan ddechreuodd ei chanlyn gyntaf. Hyder fod edefyn yn eu clymu, a nerfusrwydd ynglŷn â pha mor gryf oedd yr edefyn hwnnw. Gwyddai na allai wthio'n rhy galed. Fiona oedd i benderfynu ar lwybr ei stori fo rŵan.

Roedd Eifion wedi cyrraedd canol y bont, a safodd yno'n gwylio'r lli. Clywai rŵn y ceir wrth ei gefn yn malwennu eu ffordd adref a thraw, yn fintai liwgar, swnllyd. Gwyliodd droadau'r llif islaw iddo'n nadreddu'n osgeiddig dros wely'r afon.

Persbectif, meddai Dewi yn ei ben: weli di mo'r mawr tan ei di i mewn i'r bach, na'r bach tan ei di dan groen y mawr. Bydysawd yr atom, naid y pry dros yr edefyn sy'n fyd iddo, cynfas anhraethol enfawr amser yn lleihau nes cael ei wneud yn ddim, yr annirnad yn y dirnadwy. Chdi dy hun, a phwy wyt ti.

Pwy wyt ti, Dewi? Ai'r hyn oeddat ti, neu'r hyn wyt ti ynof i, yn dy chwaer? A gofleidiaist dithau dy dwll du y tu hwnt i'r naid i'r afon, a dy ddifodiant tawel yn well gen ti na'th fod cythryblus? Mi welais i bethau fel arall, meddyliodd Eifion, mi welais i nhw'n wahanol, a'r twll du y tu ôl i mi wrth i mi wynebu'r afon yn diflannu dan ei bwysau ei hun, yn traflyncu ei hun wrth i mi ddiosg yr allanolion oedd yn fy moddi o'r tu mewn.

Oedd ofn arnat ti, Dewi? Cyn i ti lamu ar amrantiad i'r dwfn? Ai'r bachgen bach â'r wyneb haul ynteu'r llanc a'th ben yn llawn o ddiafoliaid a wnaeth i ti agor dy freichiau i hedfan? Ynteu'r dyn a aeth drwy ei bethau efo fi, ai hwnnw agorodd ei freichiau?

Ni ddôi gwybod, na da o wybod.

Taflodd Eifion y rhosod dros ochr y bont, a'u gwylio'n

disgyn fel dagrau i gofleidio'r llif crisial, cyn glanio fel dafnau gwaed yn brigo i graith ac arnofio'n gordeddiad mor gain â ffurf wynebau tua'r môr.

Yna trodd, a cherdded oddi ar ei bont.

Am restr gyflawn o lyfrau'r Lolfa, mynnwch
gopi am ddim o'n catalog
neu hwyliwch i mewn i'n gwefan

www.ylolfa.com

lle gallwch archebu llyfrau ar-lein.

y Lolfa

TALYBONT CEREDIGION CYMRU SY24 5HE
ebost ylolfa@ylolfa.com
gwefan www.ylolfa.com
ffôn 01970 832 304
ffacs 832 782